INK文學叢書
287

拿粉筆的日子

邵僩◎著

目次

第二課 歷史 相牽的手

第三課 音樂 山村的歌

第四課 國語 知交的帖

第五課 社會 世間的忙

附錄

（自序）品味當下

在生命中，每個人常有不同的空間、層次、湊巧的是我有機會穿梭其間，也像一個鼠輩到處啃咬，因此發現了各異其趣的人性。我用擠牙膏的方式，一一把那些坦眞的、曖昧的、變化的、複雜的人性，擠出來供人共賞。

在生活中，我喜歡用雙眼、軀肢、觸鬚，去發掘很多隱藏的美、醜，以及深度的情感。從一粒微塵、一個人，一處角落，再躍入大自然，如果細細品味，也會無我；然後在燈下，我把它們素描了起來。

回顧散文精粹的身影，只期待共鳴，會心的微笑，沉澱的思考。

第一課　自然

池塘的笑

我期待有一尾貪婪的魚上鉤；那麼回家的途程上，
將有原始獵狩的興奮；如果牠們始終只是在遠處冷冷的唼喋，
我也沒有急切的沮喪，卻可以慢慢的翻開詩頁。

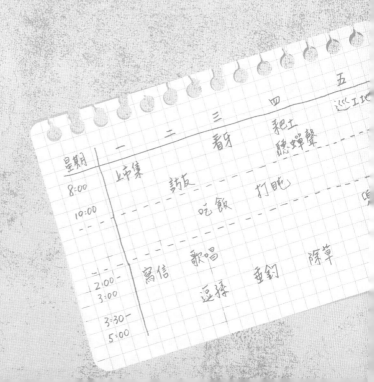

椅子

人疲倦的時候，渴望有一張椅子可以坐下來休息，人有野心的時候，渴望有一個寶座讓自己發號施令。

有一個憤世嫉俗的人說：發明椅子的人眞是一個混蛋，如果大家都席地而坐，豈不是很平等？

有一位白手成家的朋友，始終留著一張「危椅」，那張椅子與他家中豪華的陳設，明顯的格格不入，我不知他爲何獨獨垂青的原因，因爲椅子已經蒼老、憔悴，不少藤的轉角處受損得起毛，那四隻瘦弱的椅腳是否禁得起主人目前的體重，也是存疑。

事實上，它離骨董的年代還有一段距離。

只是我的朋友認爲它在生涯中有一種特殊的價値，他的妻子常希望拿開這張爛椅子，呈現客廳高尚、典雅的格調。而他的子女卻希望丟棄掉這無用的廢物，免得占用了可貴的空間，又發散一種衰老的氣息。

但我的朋友雖置身楚歌聲中，仍不願放棄他的椅子，因爲他曾經坐在那張椅子上二十多年；有歡笑、有悲愁、有希望、有懊惱、有愛、有恨……，看到那張椅子，他就想起生命的凝聚，坐上那張椅子，他就會恍恍惚惚回到過去。

原來不言不語的椅子也能具有情感。

其實椅子更提供人一個小小的舞台。一個日暮的老人坐在椅子上呆望天空，一個醉漢睡得忘記世界，一對情侶好得要化作蝴蝶和花香。

愛收集字畫的政治家，對傳統的器物也很有興趣，他新添了仿古的紅木家具，便邀請我們去品茗。

每個被邀的客人都爲座椅的精細雕刻讚嘆，那奔騰舞爪的蛟龍好像要直衝雲霄，而雍容的瑞鳳卻又儀態萬千。我們坐在上面不知不覺地端莊起來，甚至收起二郎腿。

那些椅子有非常昂貴的價格，在座的人都深深驚訝。由於我曾經坐過，使我有好多天感覺自己的臀部也很尊貴。

我一向所坐的椅子都是普普通通，有時候伏案很久，結果仍寫不出文章，感覺如坐針氈，我就怪罪椅子的不是。也許我也該換一張新椅子了。

在大城裡舉行過同學會之後，負責主持的汪召集人，在諸同學酒酣飯飽的情形下，又邀請我們到他規模龐大的公司參觀。至今我已不復記得他公司經營什麼貿易，只覺得由於商業上，國內國外貨品的來來往往，使得他說話具有權威的腔調，甚至一舉手、一投足，都對情勢有決定的影響，或者是一隻按鈕、剪綵的手吧！

好多年前一位熱衷政治的朋友也有這種架勢。

他尤其喜歡被一大群人簇擁著，而他如同鑲嵌在中間的寶石，然後在大街上眾人的視線下呈現才滿足。

我問他是什麼滋味，他卻沉吟，笑而不答。

當江姓召集人打開他肅穆、精緻的辦公室後，我們都爲裡面深咖啡色調的全皮家具而感到拘謹；彷彿正有某一種重要的使命要落在我們頭上，腳步和談話都最好有適宜的節奏。

但最令大家驚愕的，卻是在大辦公桌後，一張高背、閃光孤零零的椅子，儘管沒有任何員工，然而它華貴的氣勢卻有如山峰兀立著。

有一個同學居然忍不住的坐了下去。他並且端肅坐姿。但他的目光是自卑的，他的動作是僵硬的。

「我的手要放在那裡呢？」他求援地說。

那時候主人打開桌子的抽屜，拿出香菸來請大家抽，試坐椅子的同學也離開了座位，主人坐在上面的時候，那張椅子彷彿是和他一體，十分圓融的結合在一起。

攤之臉

水果攤

年紀大的人擺地攤，多半對那一角，或是方寸之地，都已產生了根深蒂固的感情，要叫他換個地方，也許比原來的地盤更有遠景，但他也不見得肯遷移；我就遇見一位賣水果的老先生，他在路旁一棵大樹下已經蟠踞近二十年，最近不見老先生的影子，卻見一個年輕人把一箱梨子舖展到攤位上去陳列，我很關切地探詢，才知道老先生過勞住院，病中仍不忘叮嚀他的小兒子守住地盤。

他的小兒子傻笑地說：「這裡的生意越來越冷淡，除了老樹遮太陽以外，什麼希望也沒有。」

我不知老先生康復以後，要不要再回到蔭下？

趕早的攤子

有些攤販是在早晨的時候出現，大概是響應早起的鳥兒有蟲吃吧！這種攤販有的用手推車賣早點，一鍋白花花的豆漿，熱氣冒得老高的糯米飯團，也吸引路過的學生去購買。而另外便是一些挑著菜擔偶而出來趕早的中、老年婦人；多半是自己的菜園太擁擠、蔬菜吃不完，順便拿一點來城市賣，回去的時候，菜擔裡便變換成豬肉、日用品，或者兒孫們需要的糖餅和玩具。

看到她們容易緬懷起舊日消逝的時光。她們挑出來的，是一擔陽光、雨水、汗珠的結晶。

她們挑回去的，是一擔智慧、科技、勞力的結晶。

然後有一天，她們踽踽的身影只會留在記憶中。

臭豆腐攤

我有好多年始終不解那臭豆腐攤爲何能綿延到今天？

後來我想，它可能佔有一個絕妙的風水位置。

在它的頂上是一座車輛來往頻繁的陸橋，由於橋齡久了，大貨車經過都會令人感覺微微的顫抖，像一個老人走過一段長途後不免喘息，旁觀的人也會堪憐。而那個臭豆腐攤就寄居在這座堪憐的橋下，起初是一張桌子，然後子孫繁衍了；兩張、三張、四張，臭豆腐外，又多了米酒和啤酒。到黃昏光景開始營業，便湧來很多的食客。

每一個路過的行人，都好奇地要研究幾眼。

不知道那一群人為何吃得那麼起勁？喝得那麼暢懷？談得那麼口沫橫飛？

因爲攤子正當地下道的出入口，成天都有機車的奔馳，震耳的呼嘯和嗆鼻的廢煙都使人難以忍受，但他們都能夠無動於衷的在那裡飲食，談笑自若。

又有一天，我經過一家新開張的速食店，看到明潔的玻璃門裡面洶湧著人潮，擠動；男男女女不但吃，也供店門外的來往行人觀賞，那時候我才領悟：我們太害怕寂寞了，所以喜歡上演一齣吃喝的戲劇。這樣看起來，臭豆腐攤沒有玻璃的阻隔，似乎距離又更近了。

其實歐洲的街道上，也有不少露天咖啡座，洋溢的卻是一股悠閒、雅緻的氣息，如果我們的攤子能注意到美感和衛生，那也可爲街頭多添一景。

書攤

童年的時候看書成癖，最羨慕的就是書店老闆，因爲他擁有一屋子看不完的書。年輕時候，朋友裡面最喜歡藏書的就是隱地，看到他當時省吃儉用，卻能慷慨買書，所以也心虛他問最近讀到什麼好書？其實我同樣是書店的常客，只是買書寒酸而已。

後來有一次遇到吳宏一，他在台大教書，請我吃過晚飯以後，眉飛色舞地談到他新建的書房，我知道他平日鑽研學問勤，能夠看看他的寶藏也可以大開眼界。於是從羅斯福路一直步行到舟山路，一看到他典雅的書房，心中也不免暗暗立志；打算改掉隨手亂放書列刊的毛病，並且把流落在各個房間的書刊分類歸隊，好讓書香集中一個地方比較濃郁，但是我的毛病是想多於行，因此至今仍屬空中樓閣。

至於買書，我的表現自然要比年輕時候積極多了。

而且我發現：買書去處除了書店以外，又新興了一種流動的書攤，大部分是用一輛中型貨車載書，要是熱鬧的街道附近有廣場、有樹蔭，他們就用木板搭個架子，斯斯文文地擺好書，也不用擴音機來招徠；清風徐來，便有不少愛書人去蔭下靜靜翻書。

書攤的好處是空間大，不會使我們感覺到擁擠，以免使我們看書入神的時候，都突然感覺別人的一個背、一條臂，甚至一個臀。

有時看到一個母親帶年稚的孩子選書時，就感覺那是現代天倫的畫面。

還有一些年輕人捧書細讀，好像到愛不釋手的地步，那時恍惚自己也同到青春飛躍的歲月中；腦裡酩酊憧憬與豪情。

深爲惋惜的是近年來，出版社出了很多厚甸甸的書，封面精裝硬殼，重量重了，讀那種書使人正襟危坐，容不得帶到臥床上去品味；有時姑且一試，企圖掙扎，但時間不久便手腕發酸，只好棄書投降。

據說書攤上的有些書是盜印版，所以才賣得便宜。

看到那些內頁印刷模糊的字跡，似乎不無嫌疑。

然而也有些書是成斤買來的。

那戴眼鏡的老闆說：「有的是書店倒，有的是出版社倒；只要聽到消息，我們立刻去批發。」

然後有一天，我在書攤瀏覽的時候，赫然發現多年前自己的幾本書也夾在其中，起初是重逢的猛烈喜悅，稍後又是一陣緘默。

經歷過多少滄桑啊！

我溫柔的拂掉他們身上的塵埃，拉平紙張的捲角，書中仍在淡淡油墨的香；該結束流浪了，孩子，我會爲你準備好一個宿處。

因爲逛書攤而引起自己情感的波瀾，都是料不到的；每當出去外面走動，或者旅赴外地的城市，只要看到書攤，我都忍不住佇足而觀。

我的訪尋也是一種骨肉的訪尋呀！

茶具攤

壺攤的主人有一張恬淡的臉。

他整理陶壺、陶杯的時候，流露出心滿意足的神態；有幾次我站在遠處悄悄打探他，很想偷一點他照顧不到的滿足。

他販賣茶具的生意並不太好，我認爲他把攤位設在一條交通繁雜的道路上，是項錯誤，開車趕路的人，誰有逸興停車研究古樸的茶具？所以我常看到揚起的灰沙無情地撲向茶具攤，他總是一遍又一遍的反覆擦拭，彷彿與灰沙作一場對抗。

作爲一個冷眼的旁觀者，我去買壺的時候順便提出建言。

「到別的地方去要跟人爭呀。」他的手指指高低不平的周圍空地：「這個地方無爭。」
「做生意總要賺錢。」
「賣不掉自己留起來，朋友來喝茶，茶具次次不同。」
原來壺攤的主人愛飲茶，難怪對所有的茶具有一份情；割捨茶具當然隱隱地心痛了。
在壺攤的中央，擺著一個較大的褐色壺，胖胖的壺身上有三個蒼勁的字——壺中天，它很受人的注目。
我想攤主人是在裡面吧！

無聲與有聲

據說小孩子最怕無聲與獨處。

在童年的記憶中，有一年冬天的夜晚，雪來得特別早；手一推開門，就看到滿天的純白雪花在悄悄飛舞。

我不知道她們是何時來的！

我只記得黃昏的天空是一張棉紙，白得讓人凝重；也使人擔心濡墨的毛筆是否會添上歪斜。

然後雪花就無約的來了。

我們晤面的時候，是一分輕輕的喜悅，輕輕的顫抖，接下去便是長時間的沉默。

多少年來，我都惦記那無言的聚晤。

在生命中；寒冷是必須的，沉寂也是必須的。

病得很重的時候，我覺得自己好像置身在一個小小的玻璃瓶中。

我清楚的看見親人們關切、焦焚的眼神，但是他們的話語一句也無法聽到。

我彷彿生存在一個被隔絕而無聲的世界裡。

也許我年紀太小了，所以不懂得怎樣去恐懼，那時心中想的，卻是起床以後要趕忙去放一個翱翔的風箏。

再以後我到深山的寺廟中去尋無聲。

修行的高僧笑起來說：「聲隨心滅。」

不久我就喜歡聽他唸佛和敲木魚了。

源頭活水呈現的是大地律動，但一切的水聲都給人更多深思。

當溪水穿越平坦遼闊的田野，她只是溫柔而羞澀的行過，僅在和田畦接壤的地方，有了情不能禁的吟唱；就像我們都有的那種唱歌經驗，快樂的，斷斷續續的唱。

然而溪水在山澗裡就不同了。

慢慢盤旋山石和山石之間的時候，是一種抒情的歌唱，有如從小提琴的弓弦上輕瀉下來，但水源多了，情形又完全不同，急奔的山水沖擊而來，岩石濺起陣陣的水花，一季的沉睡突然醒來，那雀躍的水聲不但喊醒了岩石和河床，也喊醒了兩岸的綠。

很多人都愛到急流中去泛舟。

那嘩嘩的水聲容易使人忘了自己。

如果我們再接近滂薄的瀑布，都會發現自然無窮的力量，人類的渺小。

那震耳的聲響多多少少會把我們的擁擠臟腑，轟裂一點空位。

可是水也有靜穆的一刻。

在古人山水的畫幅中，水如同絲綢般的輕柔；靜寂境界中泛舟的人任舟行，垂釣的人獨枯坐。

也有的古人熱愛夜雨，因爲夜雨才能湧起文思。

若是瀟瀟的夜雨不歇，雨聲卻會敲打一些懷念。

朋友的住處在公路陸橋旁，每天來來往往的車子不停，有時候我們談話，也會被一輛呼嘯的大貨車打斷，我看著遠去的濃煙總有一些憤慨。

我說：「這些年來眞不知道你是怎樣過的？」

「習慣了。」朋友淡淡的說：「有幾次出外旅行，聽不到這種聲音，晚上居然會失眠。」

我忽然想起一個怕寂寞的朋友，他常常喝醉酒以後，到電影院去睡覺。聽銀幕上的聲音好像酒宴還沒有散席。他說。醒來了，他就孤孤單單的回租屋處，再開起音響。

午夜聽鐘擺的聲音，好像是孤獨兩相依。

但我喜歡相依的是大海。

一波波浪潮是他的呼吸，當他澎湃騰躍的時候，我會想起項羽的戰陣。整個夜晚聽浪濤的撲岸，感覺大海是恆久的，生命是短暫的。

世上所有的子女都記得母親最愛說：「快去看書吧！」或者：「天冷了

要穿衣服。」

世上所有的丈夫都記得妻子最愛說：「你去哪裡了？」或者「沒事就早一點回家。」

有一位年輕的朋友很愛唱歌，不幸他的歌喉音色差，後來他就下決心要找一個會唱歌的女孩作愛侶，期待住在一起，就有灌滿歌的愛巢，不管在客廳，在廚房，在臥室都有歌的存在。

懷著這樣的憧憬，年輕的朋友終於認識了一位流浪的女歌手，那女歌手必須一個城市一個城市的演唱，年輕的朋友癡迷得辭掉了職業，一路上去聽她的歌。

他告訴她：她有最動人的歌喉。

疲憊而平庸的女歌手聽了很受感動，她讓他提化妝箱、衣箱，偶爾一起吃晚飯。過了一段甜蜜生活，他們卻分手了，年輕的朋友說：「她永遠是一首流浪的歌。」

有些市聲是在時間的河流中不知不覺流失的。

有一個清晨醒來，看到屋外陰沉沉的。我突然想起那個推著腳踏車，喊包子、饅頭的山東老鄉已經好久不見了；他渾厚而曳長的喊叫，也會嚇走一些冬天的寒意。

我喜歡看他打開蓋著的被絮，木箱裡露出熱氣騰騰的饅頭；他愛憐的拿動，好像那是一窩小小的寵物。

夜晚有賣肉粽的叫聲，他的喉嚨有點沙啞，靜靜的深夜裡，那喊叫有時淒涼得似乎叫人要窒息。有時候喊累了，他就換一個碗來敲，再推著手推車更換不同的巷弄。

聽著市聲，也覺得屋子裡存在一種無聲的幸福。

世上的樂音、噪音都會休止，只有天籟不會。

牙痛的世界

半夜的時候，我忽然被牙齒隱隱約約的痛喊醒；好像要趕我去參加一個什麼集會似的。

其實我不吸菸，不嗜食甜點，刷牙刷得勤嚴，應該是把牙齒照顧得得周到了。而且對於牙齒的這般關注也是事出有因；因爲眼見幾位長輩，有的滿嘴凋零，吃東西的時候，嘴巴動得十分艱辛，也有的口腔完全荒蕪，沒有一顆牙齒，吃完佳餚以後，別人可以舒坦的享受飽食的愉快，而長輩卻要偷偷摸摸溜到洗手間去刷洗假牙，這眞是美中不足的事了。

想到牙痛也可能快步上長輩的後塵，不由得冒出冷汗一驚。

第二天本來預定要寫小說，才寫了一行半，那痛楚就由牙床那邊升起了，用舌尖試探的舔了舔；更痛！只好吸了口冷氣，但是那口冷氣卻助紂爲虐的增加了抽搐的疼痛，使我不得不放下筆，去到鏡子前面檢視我的牙齒。

大部份牙齒仍舊好端端的，只是原來左邊一顆蛀牙曾有一個小洞，而現在那個小洞卻不知何時變大了。爲了止痛，我再去刷牙一次，依然無效，痛得像針刺，我的舌尖感覺那齒洞有些尖銳。我坐下來移走面前的小說稿要寫散文，拿出筆記簿，再追捕那些逃逸的意象，很難，我彷彿跑到深山的雲層中了。

那可惡的痛用針刺我，使我張開口。

我想我的樣子可能像一隻狼狽逃命的野犬。

我不知道我的舌頭要擺在何處適宜？

拿起一本雜誌來看，看不下去，把錄音帶放到錄音機裡；那些抒情的音樂也使我感到煩躁，我慢慢覺得：那顆的牙齒已經成爲我的仇敵，他好像正在竊笑我的束手無策。

我決心要找一位醫生來治療。

在對抗牙痛的兩天內，我幾乎什麼事都沒做，有時無聊的作屋內踱步，翻書櫥中的書，看書頁的目錄，有的書積了灰塵，有的書色彩褪了。有時打開窗子，俯視隔鄰空屋的一個院落，那一家人搬走了，但樹木和綠色依然在，尤其一大早，那裡已經成爲鳥雀的樂園，悄悄的站在窗口看鳥雀在枝頭靈巧的跳躍，愉悅的飛翔，連自己也偷到那一份欣喜。

而如今鬼祟的牙痛襲來，卻使我感到陽光也黯淡了。

我不得不去醫院掛掛號，然後在顯得擁擠的候診室內等待，由於很久沒有到醫院的關係，我居然因周圍人們無奈、焦慮、愁苦、痲木的面容，忘了自己的牙痛；後來我走到洗手間裡，不免對鏡中的面孔也有一番細細的凝視，好像要分析出自己要歸屬那一類型？走出洗手間，本來要笑自己的無聊，飄來一股藥水味，便又忍住。

一個穿白衣的年輕護士正推來一張病床，準備作心電檢驗。

病人兩頰都是傷痕和血，長頭髮遮住半個臉孔，泛白床單蓋住身子，露出腿和手，在他身旁還有個點滴瓶，所有候診室的眼光都被他受傷的情景吸引了，並且產生一陣小小的騷動；有一對中年夫婦還熱心的跑過去看。

圍在傷者身旁的是二男一女。

他們都還年輕，穿了漂亮的運動鞋。

女的嚼著口香糖問：「他不會死吧！」

拖了長襯衣尾巴的說：「他騎的那輛車撞壞了，好可惜！」

「死不得。」另一個說：「他欠我的錢。」

「我想該問問護士。」女的很有見識的說：「請問小姐，這個騎摩托車的會不會死？」

護士冷冷的打量她一眼上「這個人是開汽車的。」

一個男人再挪開傷者的長髮：「狗屎，弄錯了！」

三個人哈哈放肆的笑起來。

高個子男人勾住女的肩膀往外走：「一定是走錯了病房。」他們的運動鞋卻滑著舞步。

候診室裡也輕輕蕩漾起笑。

一位老先生咳嗽著：「看看這些年輕人！」

老太太為他捶背：「這又不關你的事。」

牙痛並不是一件嚴重的事，當我看到一些面黃肌瘦、憔悴的病人由我面前走過，心中的不快便完全消失；在這個世界上，物質生活的比較，往往使人產生羨妒，但疾病一比較，都又使人產生釋然。

所以當我躺在診療椅上的時候，心境變得出奇的寧靜。

「嘴張大。」醫師把冰冷的器具放入我口腔。

我看橘黃的燈，醫師的大白口罩。

「我要抽掉神經。」他說：「漱口。」

我依言提起身旁的小金屬杯，漱完口再躺下。

有好幾個醫師在工作，治療工具在金屬盤中發出舞蹈般活潑的聲響。

「又是周末了。」一個醫師說：「作什麼消遣？」

「情不自禁。」瘦醫師說。

「還沒有找到女朋友？」

「女朋友沒有找到我。」

「滿街都是美麗的女孩子。」

「大家只是走過來，走過去。」

「我有好建議。」戴眼鏡的醫師說：「何不學習泡老人茶培養耐性。」

「茶和女孩子不同。」

「泡茶有深度。」戴眼鏡的醫師脫下口罩：「我有個朋友不但收集茶壺，而且每天擦茶壺，他們之間有不可分的情感。」

「是個茶痴。」

「還有比他痴的。」一位女醫師插嘴道：「我知道有人還每天數茶葉呢。」

「叫我數茶葉。」瘦醫師痛苦的叫起來：「我要數的是女孩，各位這樣不是太殘忍了嗎？」

一室笑聲，不知道換假牙的，會不會吞下假牙？

「好了。」爲我治療的醫師說：「不要用左邊的牙咬東西。」

我點點頭。

「現在痛不痛？」

「完全不痛了。」

我走出了牙痛的世界，步子輕靈，只可惜穿了皮鞋。

留住青春的尾巴

假日，有一位頭髮斑白，腰桿不直的老爺爺窩在家裡看電視，他的金孫打完籃球，汗流浹背的回來。

金孫打招呼說：「嗨！爺爺，你生病了嗎？」

老爺爺有氣無力的說：「我每天只想睡覺。不知道要做什麼？」「去吃呀！玩呀！看呀！」金孫說：「我的時間都不夠用。」

老爺爺嘆了一口淒涼、無奈的氣。

可愛的金孫跑過去拍拍老爺爺的肩膀：「爺爺，要加油，晚上我帶你去參加演唱會，現場有很多偶像會表演。」

老爺爺看過電視上那種人山人海，如癡如醉的畫面，所以讓他面有難色：「這……這……」

貼心的金孫還擔任他的服裝設計，金孫要他衣服穿得任性、自由、鬆垮，頭上戴一頂棒球帽，順便蓋住白髮，腳上當然少不了球鞋，老爺爺平日沒有這些裝備，這倒不用發愁，金孫都一一的替他安排妥當。

那一夜，是老爺爺生命暮色沉沉裡的燦爛。

他懷著忐忑不安的心情來到了人擠人的現場。都是年輕的，青春綻放的面孔；他爲自己的蒼老感到慚愧、羞恥起來，好在天空是黑的，沒有地洞可鑽，仍有黑夜可躲。

金孫不知何時遞給他一根亮晶晶的螢火棒。

「你要揮動，才能投入。」

舞台上，先是震破天際的音響，接著是跳躍、歌唱的表演者，熱情從台上傳到台下。觀眾共鳴起來，螢火棒舉得高高的，要飛翔的揮舞，老爺爺的手自然的舉起來，忘了歲月，忘了病痛，忘了世俗……跟著唱，跟著吶喊，然後聲嘶力竭了，然後聲音沙啞了。

足足一個禮拜，老爺爺仍舊沉浸在那年輕沸騰的歡愉裡，什麼腰痠背痛都忘得乾乾淨淨。

歌友會

受了演唱會的波及吧！老爺爺也想起他以前愛聽的歌星；有鄧麗君、費玉清、江蕙、蔡琴……他們唱的歌曲，老爺爺同時會哼一兩首。只可惜，歌詞總是記不完全。不過後來有個機緣，參加了歌友會，老爺爺對唱歌的熱情，便如火焰般的燃燒起來。

老爺爺添置了高級音響，又買了很多CD。

老爺爺有時邊走邊聆賞音樂。

從背影實在看不出他的年齡，而且他又把白髮染黑了，容顏拉一下皮就最好。

他和歌友會的伙伴，常去不同的卡OK拉唱歌，老爺爺不但獨唱，還能和伙伴作深情的對唱。

有些女士讚美他唱得很有韻味，肢體語言恰到好處。

老爺爺不由心花怒放，常常走到哪裡，唱到哪裡。

他覺得這是一個唱歌的時代；不分男女，不分年齡，不分美醜，人人都可以成為歌星。

有時，他驕傲的想：我也是一個音樂人了。

日行千里

電視上有一位老先生「全副武裝」要騎自行車環台；陣容龐大，浩浩蕩蕩。老爺爺看了十分心動，悄悄買了一輛舊自行車，對兒、媳謊稱是去市場買菜，其實是先計畫環繞住的大城市周邊，再到郊外去欣賞田野風光。

老爺爺買了酷酷的船型帽、護膝。

每週二日認眞不苟的練車，路途上不東張西望，不貪吃的看飲食店，不好奇驚豔。

老爺爺的汗水流多了，皮膚曬黑了，車程騎遠了。

對於未來，他憧憬有一天騎到某一個縣市，有一些記者聞訊來爲自己拍照。

不料想得正美的時候，卻有一輛魯莽的機車撞來。

健身

多年來的習慣，老爺爺一早會去附近的公園走走。

他獨自作一套自行開發的健身操，有點喘息了，再看看其他的人在玩什麼把戲？

有一個胖女師父在教太極拳，馬步站得很穩，要撼動她恐怕不易；她出拳柔和，儒雅，臉面慈祥，老爺爺一時被她的拳風吸引住了，偷偷在一旁默記幾招，回到家中，再殘破的組合起來，暗自練習，畢竟人老了，記不牢，一個月後，他終於鼓起勇氣，囁嚅的請求拜她爲師。

自此，老爺爺參加了太極拳社團。

老爺爺的身體更爲健康，而且珍惜國家資源，很少使用健保卡了。

另外，老爺爺還增加了很多的新朋友；有時共同去吃飯，有時共同去旅遊，笑笑鬧鬧，唱唱跳跳，不知黃昏已將至。

此時，連往生天上的老奶奶也不免嘀咕了起來。

高樓手記

電梯

原本住在低矮的屋子，卻突然的一個機緣，搬到十七層的高樓去住了。

朋友聞訊來電說：你會不會就此高高在上，遙不可及啊？

我說：我可是高處不勝寒的人呢！說眞的，剛居住的兩個月，感覺十分的不習慣；因爲住獨門獨戶，要進屋回家的時候，已經卸下心防，準備一進屋內，就可以脫東脫西，自由放鬆四肢，但是住了高樓，必須先乘電梯，自然的，便會遇見一些上上下下陌生的鄰居，然後你要表現什麼樣的禮貌呢？

首先我的眼神究竟要放在那裡？

其次，他是怎樣的人？

一旦住久了，我冷漠的臉也有了柔軟的線條；我漸漸的學會了點頭、微笑。

本來感覺的窒息、僵硬也消失了，即使不期遇到一位穿著涼快，香氣濃郁的芳鄰，也能自然的互視一眼，再看我要抵達的樓層，如果錯過，那就未免離譜。

而在電梯內，有時碰到女士抱著一隻狗，緊緊的，她親狗，狗親她。她說：「兒子，寶貝，要乖乖聽媽媽的話呀！」我的內心在回想：眞是一幅感人的天倫畫面。你是否同意？電梯也是一個多彩的舞台。

當然也少不了愛情故事。

一對青澀、年輕的情侶手牽手的進來，先是依偎，再是擁抱，瞬間空氣凝結，我感覺自己是兩人世界的多餘；最好能逃出去。

電梯擁擠，是外勞推著坐輪椅的老人進來；兩人的面色迥異，老人戴一頂褪色的棒球帽，頭垂著，像冬天一片枯黃而捨不得落下的葉子，整個軀體散逸出無奈的氣息。但外勞全然不同了，她的臉面洋溢了歡愉，是被囚釋出來的雀躍；樓下將有一些伙伴在庭院等待；她們會有談完卻不枯竭的鄉情重播。

那裡新開了一家家鄉口味的店？誰回去了？

我看著輪椅老人的後背，不知何時，我也要坐。

看海

高樓的視野非常好，晴朗的天氣可以清清楚楚的看到海；粗暴的時候灰灰的，溫柔的時候藍藍的，偶而有貨輪緩緩的航過，漁船就容易看到。對於海，我常有許多難以忘懷的記憶。

在那個戰亂的年代，父親帶著我們一家人，要由上海坐一艘大貨輪去汕頭，沒船位，幸運的是搶先占了船頭有簷的好位置。

焦灼的等了一天，分配的吃了一碗飯。

船終於開了，大海遼闊，夕陽很美，肚子很餓，沒有食物可吃，居然海變了臉色；猙獰起來，狂風巨浪，大雨傾盆，身子在簷下，腳在外面淋雨、淋海浪。

半夜有一位孕婦希望擠進我們一家人的位置。

母親連忙說：「好好，快進來！」

那艘船，所有的廁所都鎖了；想要大小便，自己去找地方，所以，那艘船的臭，至今記憶猶深，鼻腔發酸。

由高樓看海，也看到逝去的苦難歲月。

看山

看山，就不一樣的情懷了。對近的山，有一分親切感，也許我登過，對遠的山，有一分神祕感，也許某一天，我要去一探。

在高樓看山，似乎不太遠，很想飛過去，但我的翅膀呢？請飛鳥暫借我羽翼，牠拒絕了。

我決心走下高廈，要一步步用蝸牛的步履走向那山。

鴿

不知何時突然下了一陣雨，嘩啦啦的；是天空在嘔吐否？我望著窗外灰色的迷迷濛濛，一隻冒失的鴿子卻從重重的灰色中，撞出一個小洞來，牠淋了一身雨，瑟縮的、畏懼的躲到窗外的小陽台。

牠能接納我成爲朋友嗎？

我去廚房拿了一些米粒，再輕輕的走出去，蹲下身子，讓米粒由掌心滑下，牠怯怯的移動腳爪，走近了我，我在心中歡呼。

從此，我們成了每日晤面的友人，我特地爲牠準備了草巢、飲水、食糧，而牠就咕咕的告訴我牠的旅行。

甚至有一天，居然帶了一位伴侶來炫耀，天呀！

院子

父親在教書，小時候我們住的是公家宿舍，門前門後都有空地，周圍更是一片遼闊的田野，春天那一片青蔥的綠色就好像要闖進屋子來。

所以田野也如同是我們共同的院子，雨季小孩子去撈蝌蚪捉青蛙，秋季收割之後，小孩子一堆一堆的做泥窪烤番薯，很多人臉面熏得黑黑的，眼淚直流，烤的時間總要等得很長，有時餓得慌了，或者急於相思番薯的香味吧！我們往往過早取出，而番薯卻半生不熟，中間還是硬的，但大家仍舊吃得津津有味。

不知道由何時起，宿舍忽然鬧起小偷，家家都覺得那個原本最美好的大院子變得猙獰起來，原本一開門的和風也似乎失去了友善。

有一家豎起了竹籬，其他家也紛紛仿效；當一家一家的院子形成以後，不但變成第一道防線，而且各家栽種不同花木，也使得宿舍繽紛起來。

成家以後，住的是一幢磚木建造的平房，房子年代久了，有不少鼠類進進出出，但是僥倖有一方小小院子，中間還有一棵蒼勁的老榕樹，有時候坐在窗前恍惚；就感覺小小院子彷彿是一枚圖章。

而印象更深的，卻是春天有很多麻雀到枝頭來集會，夏天居然有了蟬鳴；每當朋友們來陋屋作客，看不到四周有什麼可溢美的地方，只好稱讚一番我們的院子，慢慢地，我也發現自家的院子挺實用，沒有奇花異草，那棵身軀龐大的榕樹已經任勞任怨服務了好多年，在炎熱的夏季，它爲我們懷設一片濃蔭，平常孩子們爬樹，在樹上掛繩索盪鞦韆，使童年有更多的歡笑。有一段時間，雪曾經養了一些雞，那些雞也喜歡窩在榕樹根附近的沙土中洗澡，洗完了，就興沖沖地在院子中到處走動覓食，尤其是在陽光下的公雞，羽毛格外的錦燦。

我對院子的最大好感，卻是在夏天的夜晚。

如果拆了眼前紅磚、石階的舊屋，便會出現一大片的空地，而這些空地將會爲朋友帶來巨大的財富；他可以隨心所欲的住大樓或別墅，也可以買名貴的車，甚至可以辭掉勞累的教職。

我走在他廣大的泥土後院說：「你有沒有想過財富呢？你有了那麼多錢更怎麼用呢？」

「想過，又不想了。」

「保護文化遺產吧！」

「也不見得。」朋友的臉面依然平靜：「有時候我會想起阿良。」

阿良曾是我們的好朋友，自從接管父親的產業後，他的華廈落成，也請我們去參加盛會，地方上的紳士名流都到了，最令我們難忘的，還是那花團錦簇的庭院，很多的賓客也不覺得擁擠。

「阿良不能下棋了。」朋友把圍棋拿到樹下的石桌上。

我拂掉石椅上的幾片枯葉。

那一段日子，阿良的事業越來越輝煌，離我們朋友卻越來越遠。

但是那典雅歐洲風格的院子實在使人迷戀；柔軟的草坪，圓形的噴水池，白色的女神雕像，細細瘦瘦的法國椅子，雖然走進去幾次，還是侷慚自己寒傖，好像不屬於那畫幅中，已是一種敗筆。

「有阿良的消息？」棋子落下一聲「咯」。

「沒有。」

阿良的起落只有短暫的三年，有人說他去了美國，有人說他去了中南美，債權人起初轟轟烈烈鬧過一陣子，到後來只好自怨自艾了。房屋沒法處理，那個高貴精心設計的庭院也日漸荒蕪，裡面雜草叢生，大部分窗玻璃破損，有些猖獗的蔓藤竟爬到屋頂上來舞蹈。

後院的桂花發散著幽香。

朋友沉思的時候，我喜歡注視後院的拱門，員外遊園的千金，娉娉婷婷的行過，後院落難的公子無意闖入，一瞬間，古老的愛情故事上演。

「該你了。」朋友說。

抬頭望了環伺的高樓一眼，我忽然覺得和朋友在這裡下棋是非常的可笑和荒謬。

只有到山中的寺院去，那院子注滿山色的寂靜；使人的心靈也跟隨沉澱、透明起來。

人究竟要不要有院子呢？

其實心中留一個也無妨。

穿一條短褲，泡一杯濃茶，坐看滿天的繁星，清風徐徐的吹來，忽然覺得自己擁有一份池水的悠閒；可惜的是這種歲月畢竟不久，因爲鄰近都茁建了高樓，我在院子中的自由就飛走了。

有一位長者住在日式木屋中，四周環繞著令人羨慕的大院子，濃豔怒放的絳紫和桃紅九重葛常越牆而出，他家中有不少珍藏的書刊，或者聽聽他走遍大江南北的軼事，都可以得到一些睿智啓示。

長者不僅善待他的書，也把他的細心、耐心花在栽培果樹上面，所以我去拜訪的時候，湊巧碰到果實成熟季節，他們賢伉儷一定拉我去採院子裡的果實，滿樹的番石榴，累累的蓮霧，採得喜悅，也採得眼花了。

繞過他們的院子一周，還看見龍眼樹、釋迦樹、梨樹……據說已花了長者十多年的心血。

老太太撫著樹幹說：「孩子們長大出外了，這些就是我們的孩子呀！」

後來長者的兒女邀請父母去國外試居，大概住了一年光景，兩夫婦又打道回府了，因爲覺得和孫兒女總是隔著一道距離；愛心無從種植，倒不如回來照顧院子的果樹。

朋友的父親去世後，朋友仍舊像一個持矛的戰士守住古老的宅院，不作絲毫的改變，那眞使我感到詫異。

送

禮物

年輕未成家的時候，大家曾經相約；如果那一位決定儷影雙雙，我們只能送物品，不能送禮金。

當初的意思也許是要朋友睹物思人，讓他記得豪邁少年時，大家曾有一段自由，狂放的日子；而今孵在家裡做一個好丈夫、好父親也是不寂寞了。

但是說起來容易，做起來卻很困難，因爲到底要買何種禮物就得大費腦筋，據說那時候有一位朋友結婚，他收到的杯盤餐具就高達十件，後來不得不回贈他人，然而也得把原物主記清楚，以免再回返老巢。

幸好，後婚者聰明，他們老老實實表明：既然是送東西，那我就不客氣地說了。

這樣一來，不但受禮者實惠，送禮者也感覺方便，如果是價値昂貴禮物，大家也可以湊份子合送，怕的是有人胃口太大，其他的朋友就要被擠蔗汁了。

由於朋友送的禮物含有長久相處的情意在內，所以坐到某一張椅子，用到煮飯的電鍋，或者炎炎夏日電扇在旋轉……都會浮現出某一位朋友的面孔；並且想起往昔的胡鬧。

最近有一位朋友爲我畫了一幅素描，頭髮稀稀朗朗的，很是飄逸，寫作倦了，猛一抬頭看到他；就覺得自己早已不年輕了，我想畫家朋友絕沒有想到他禮物的警意吧？

而另一份禮物卻是小小的盆栽，一棵細細的杜鵑，彎腰彎出長方形的陶皿外，他的姿態正是朋友飲酒的姿態。

入伍

不知道由哪個傢伙開始，我們歡送朋友入伍的方式，照例是讓他痛痛快快地一醉，然後是架著他踉蹌地歸去。

那時候大家都不怎麼有錢，多半是選一家小館子盛大的進行。主辦人怕大家找不到地方，往往都站在店門附近的路口作指標，看到那個人先來了，順便收歡送的餐費，指出方向後仍不忘補一句：「多退少補！」

起初諸君的酒量都十分有限，後來大概各自勤練功夫吧，一場歡送宴下來，只見腳下的酒瓶殺伐得東倒西歪，桌子上杯盤狼藉，眞是一幅慘烈的戰場景象，有時醉眼昏花，連歡送的主角是那個都忘了。

最後結賬落在過敏朋友身上。

榮退

長官什麼時候蒼老而屆退休年齡，我是完全沒知覺的，因爲長官始終精神抖擻，早到晚退的在領導著大家，開會時說話的聲浪一直宏亮而充滿自信，同仁們私下交換意見，認爲如果人人修身保健達到長官境界，那麼醫院就要關門了。

另外長官對於機關的節流方面很是重視；非必要的時候不必開燈，打公家電話要登記，用紙要統計，茶葉只供大鍋茶不能私用，長官巨細無遺的眼光，也如同一位胸有成竹，提著菜籃上市場的主婦。

當聞悉長官要功成榮退以後，有人想探索一向冷靜的長官有無變化？也有人覺得本在機關服務，受了長官長期薰陶，變得奉公守法，克勤克儉，所以對長官的去思依依。不管外界風風雨雨如何，但我們的長官仍一如鐘擺的上班、下班，絕不懈怠。

退休的彼日，機關同仁全體列隊排在門口。

長官一一與我們握手，面露和煦的笑容。

很多人都是第一次與長官握手；我也是，長官的手肥厚、溫濕；能傳遞一種鼓舞，多可惜！他要走了。

自從長官退休，就沒有再來過本機關，有人說他參加了早起會，有人說他是個最有計畫的人；生了一次重病就把自己的身後事安排妥當。聽了這些傳聞，我們初初都覺得長官有悖常情，可是經過若干年後，等到我們參加了長官的葬禮，也覺得該向長官的坦然看齊。

書

很多年前，我很喜歡送書。

當一本新作品出版，我總是滿懷熱情的贈送諸長者、友好，也希望得到更多的共鳴。但是有一次去朋友家，卻發現我的書竟被他的稚子撕成雪花片片的時候，便心中注滿了悲哀和傷痛，不幸朋友也忘了那是誰的書。

有一個尖銳的讀者說得好：「書有什麼用呢？既不能吃又不能用，翻翻它，它就死了。」

後來我再不願意送書。

我把自己的書排在書櫥裡，無聊的時候，我們相互凝視，那會使我想起行過時間沙灘的腳印，年輕時候創作的狂熱。

夏日何處

蟬訊

夏日常常是由蟬聲來報訊的。

而山中的蟬來得更是放肆，你走到林木蔥籠的山道上，不但有一頭又濃又厚的綠意；那些蟬就像把你當作一位走下銀白機艙貴賓似的，奏出了歡迎的樂聲。

如果你能靜坐下來，你就會發覺蟬的歌聲中還有很多訊息；它告訴你：

炎陽把遍山的野草都曬得焦渴沒有汗水了。

水圳裡的兩隻白鵝都跑進竹林。

小青蛇熱得忘了返家的路。

假使你坐在大樓的鋁門窗後；也許你有涼爽宜人的冷氣，有舒適、柔軟的坐椅，但你卻缺乏一聲使你幽思的蟬叫。

走進一片森林中，一陣蟬聲會把人淋得滿頭滿臉，我不由得想起孩提時候，爲了要捉蟬，大清早就爬起來，拿了一根長竿到林子裡找蜘蛛，有些蜘蛛網上的露水還沒乾，我小心翼翼的把蜘蛛網移到我綁了鏡形竹框的長竿上，一直等到重疊了十多個蜘蛛網之後，才歡欣的、呆呆的在林子裡等待看蟬叫。

但是現在有許多孩子沒聽過蟬叫，沒看過螢火蟲了。

釣

有一年夏天，我的胃非常不舒服。

我對電視上的胃藥廣告感到強烈的興趣。

好多朋友建議我去吃某一種牌子的藥；我一一的寫在記事冊裡，再熱心的跑到藥店去購買，我擺在書桌上，然後一個瓶子、一個瓶子的換著吃；好像一個小孩子充滿稚氣的選擇他喜愛的口味。

無聊時，也許今天我旋開一個圓胖圓胖的瓶子，而明天說不定旋開一個瘦瘦扁扁的瓶子，以後我卻固定的吃一種胃藥了，只因爲藥瓶子是翠綠的顏色。

我的胃依然在痛；有一個朋友說：釣魚可以治療胃痛的，不管我願意不願意，他在午後總是拉著我去釣魚。快到三點的時侯，他的機車便卜卜卜的停在我住處的門口，我戴了斗笠，肩上背起魚簍，大約經過半小時的車程，便到了一處竹林環繞的田莊所在，車子再彎進田間的小路，那是兩旁長滿倔強野草的泥路，緊鄰著泥路肩膀的，是一條淙淙呼吸的水圳，沿看水圳前行，便可到達我們垂釣的池塘。

田莊的主人是朋友的親戚，如果我們釣到天黑，他就誠懇的留下我們吃晚飯。

我坐在池塘邊的蔭下，涼風輕輕的、輕輕的跑過來要和我耳語，夏日的炎陽仍舊在天上逞著雄威，手臂曬久了便有一種乾燥的灼痛，一池水是一池綠，我注視它，像注視著手握的一杯龍井。

釣竿多半是在靜止的狀態中。我的朋友說：釣魚時候是不適宜談話的。我只有遵從朋友的約束，他說否則會失去釣魚的情趣。

他是那樣安詳而和平的坐在那裏。曲著膝，眼光殷切而敏銳的望看水面的浮標，只要浮標有所異動，他立刻警覺的舉起釣竿，當細瘦的釣線上空空沒有魚踪的時候，他又俐落的把魚線摔向另一個方向。

我不知道他在想什麼？

我眞想知道他在想什麼。

我收線、放線的時候竟忍不住自言自語；可能在生活裡，人總少不了談話。但是我再度看到朋友傾斜的半片面孔，他固執而自信的唇；斗笠的陰影覆蓋下來，使他的臉面有山岩的堅仞。

人有時候該放棄了自己的思想；只要想想眼前的池塘，他的煩惱就少了。

然後整個夏季我都去釣魚，我的心境越來越平靜；原來夏日天空在蔚藍中往往帶有一點混濁；彷彿魚缸中的游魚受驚的碰動了水底的沉澱；只有在雨後，天空才有嫻雅的湛藍。

而且我還認識了遠山，它蒼茫的、沉穩的峙立在天際，難怪有許多年輕人要去瞭解它。

在山道上，有時侯會碰到一些由城市返回的僧尼，他們穿著灰色寬大的長袍，山風吹起他們的衣袂，飄飄的，飄飄的，給人帶來一種超塵脫俗的感覺。

當夏日慢慢的消失，我的魚簍中並沒有豐碩的收穫，偶而有一兩尾小魚帶回家中，便養在小池子裡，如果空無所穫，我卻感覺夏日有如在我的魚簍中跳躍、掙脫。

廟憩

在鄉村或小鎮的廟，大都有古拙、樸實的面貌。

生活在鄉村中的農民們，有長久的一段時間，曾把他們的心靈寄託在廟宇的神像那兒；風調雨順，他們感恩的去膜拜，遭遇到厄運的打擊，他們也去企求消災平安，廟宇帶給他們的，是一種心靈的鼓舞和慰藉。

如今，城市中的有心人也建起廟來了。

那些廟都建得高大巍峩。

那些殿堂裡面都金碧輝煌。

還有窗明几淨的接待室裡，配置著莊嚴的佛學經典，高級、豪華的沙發。一位白白胖胖的高僧躲在有冷氣的房間內埋首研究。哦！夏天。

使人流汗的夏天，當你走到鄉村小廟的門口，一陣涼風和你迎面相遇；你不妨上階沿，拿下頭上的帽子；或者手中的遮陽傘，說不定那裡有一條長長的板凳在歡迎著你。廟門口的廣場上鋪了一地的蘿蔔乾、菜乾，也有幾隻麻雀在廣場的水泥地上漫步；踱到裂縫長出野草的地方，牠們就用小嘴靈巧的、淘氣的逗弄著野草的腰肢。

在節日拜拜的時候，小廟立刻恢復了它的喧騰；演布袋戲的班子在廣場上搭起戲臺，鑼鼓和流行歌曲交織成一張大網，廣場的夜色變得多彩多姿，像由一個柑橘所擠出來的汁液；甜美而芳香。

我喜歡走進小廟的大門，再走到殿前的天井，地面鋪著大塊的青石，古老的歲月宛若要行來和我晤談了。

冷飲店

不知道什麼原因？城市裡的冷飲店紛紛由熱鬧的大街、僻靜的幽巷裡萌芽出來了；並沒有雨水的滋潤啊！柏油路上的熱氣仍舊水蒸蒸的升得膝腿那麼高，走在路上的行人都不由得察覺汗水在皮膚上的爬行。

有的冷飲店門口裝著褐陰陰的大玻璃，你可以看得見裡面穿曳地長裙的女侍，纖細的法式圓背椅子，弧型溫柔的櫃臺，在地上鋪著柔軟的暗紅地毯。這是另一個世界，連潑野的夏日走進裡面也變成文雅的淑女。

也有的冷飲店只是薄施脂粉的；一個透明的冰櫃站在大門口，裡面擠滿了琳瑯滿目的飲料瓶子，各種鮮明、豔麗的色彩，使人看見更感覺口渴。

但我寧願選擇山道上那一間悠閒的冷飲店。

每次我上山的時候，便不免在那裡小酣。老闆把三張木桌擺在一棵老榕下，坐在搖動而會發出聲響的竹椅上，涼風突然輕輕的來打招呼，然後老闆端上一碗紅豆冰或者粉條冰。

一個騎機車戴斗笠的農村青年來買一包菸，兩斤白糖。

老闆又匆匆忙忙的回到他另外半邊雜貨店去忙碌，他打開玻璃罐子拿香菸，移開木缸的木蓋秤糖。

他說：「阿吉，什麼時侯請喝喜酒啊！」

「女人都去工廠了。」阿吉乾脆坐下來聊天。

我用匙子舀起冰水和紅豆，也舀起悠閒。

我對農村和水的鍾愛，倒不是附庸風雅，也不是打算在自己身上豎一個「田園」的標誌，主要是我的童年生活在鄉村裡度過，只要工作一清閒，或者遇到一些假期，在心底裡立刻湧起想到鄉村去走走的願望。

我不少朋友和親人去國外了；他們有的是去深造，有的去旅遊，還有的是去做生意。我們聚在一起喝酒的時候，他們談外國，我便談談本地的鄉村，我發現我們所懷的情感和憧憬幾乎是一樣的。

在我所生長的地方，卻沒有常綠的四季；秋天的落葉總是躡手躡腳地落下來和土地耳語。而蘆花便和河水結伴到遠方去，天空始終是那樣的湛藍，藍得小孩子們心慌，但是溫柔；鋪展到天邊的棉田，卻像母親寬容、慈祥的懷抱。

騎車去山村，一路都是青蔥的行道樹，翠綠的稻田，一些紅磚短牆的莊院散布在田野的一角，或者經過客運公司的候車牌，便可以看見一張用粗竹簡編成的長椅，架在兩個水泥墩上，一旁多半有個醬色的大水缸，上面蓋了一塊木板，一個塑膠杯子規規矩矩地停在那裡休息，「施茶」的溫情，也是由鄉村泥土裡所生長出來的。

看到河水的時候，我們便把車子牽到蔭下，雪是個童心未泯的人，只要看到澄澈的水，她就喜歡脫下鞋子，打著光腳到河水裡去玩水，然而並非每一次都如我們所期待的那樣完美，有時一泓河水不知何時走得無影無蹤，河灘上是癱瘓城市的垃圾，河道裡呻吟的是嗆鼻的汙水，我們惋惜地打量一眼，卻加快了機車的速度。

走了一段路程，腰背疲累了。我們就到一家小村的雜貨店去歇腳。香蕉掛在簷下，可樂卻在店堂的大冰箱中，坐在圓圓的木椅上喝冷飲，仍可嗅到小鹹魚的味道。

夏日由拳握脫走

如歌

有個繪畫的朋友說：如果你要多領略一點這個世界的繽紛，你就要和黃昏打交道。

因爲黃昏的天空是美的，黃昏的景色是美的，黃昏的人也是美的。但是在大城市裡，這些美恐怕如大海撈針難以尋覓吧！公共汽車上擠了一車疲憊不堪、逃出白日牢獄的男人和女人，有的急於返家，有的急於到飯攤上塡飽肚子，哪有心情挽著美的步履同行呢？甚至於你想在馬路上多看看，一輛疾駛而來的計程車，也會把你挽臂而行的「美」撞成粉碎的瓷片了。

走在山村的橋上，我們便沿著河岸緩緩的、毫無目的的前行；金色的陽光軟弱的在山頭盤旋，山壁的野草長得十分茂密，那時候我聽到一些夏蟲的鳴叫，於是停住腳步就傾聽那蟲鳴，蟲鳴靜寂的時候，我忽然想起「生命」。

「生命」究竟如何表現呢？

像水庫狂激地洩洪嗎？

像一管軟軟的牙膏嗎？

像小小的齒輪嗎？

「不不。」雪說：「生命應該像牙牙學語小孩子所唱的歌。」

食魚

夜晚我們坐在飯店的近窗處食魚。

飯店建築在山上，窗外就是河水，它的綠色消失了；在湖畔燈光的照射下，它跟黑夜偎依著。山下也沒有了團簇的遊客，只有一隻花白消瘦的狗在晚風中徜徉。

女服務生告訴我們，魚是從水庫撈起的，所以非常新鮮。

她的話不錯，魚肉的味道細嫩而鮮美，我不由得想起愛吃魚的孟子、愛吃魚的一位胖敦敦的老師，他常常在課堂上講黃魚和蒜瓣同煮；長江裡的鰣魚多脂肪，刀魚多細刺。

鄰桌有一對戀人，他們在輕聲地談話，再遠的一張桌上，卻有六、七個大人和四個小孩，他們愉快的話聲，使得肅穆的餐廳也活躍起來。

雪說：「坐在這裡太靜了。」

我飲著杯中的酒：「我們等這一天不是很久了？」

「靜得使人感覺流轉的時間。」

於是我們不再言語。

而碧瀦的水面卻像一個莊嚴的舞台，兩旁厚幔已經緩緩地拉開；華麗、絢爛的樂聲仍舊沒有升起。在落塵已酣睡的靜寂之中，人就不免想起過去的日子。

你的孤獨和汗跡呢？

你的友朋和榮譽呢？

畢竟走過來了，腳步是那麼的踉蹌、蹣跚，也許還留了一兩處鮮明的疤痕，一個不愉快的記憶。

我說：「從前我們不感覺時間啊！」

「日出、日落；一天是很快的。」雪喟嘆地看著遠方。

許多鳥

耳朵貼在枕頭上，忽然聽到一陣隱隱約約的鳥叫，我以爲是自己的錯覺，後來雪也醒過來了。她說：「是一陣鳥叫。」

「我不敢確定。」我說：「迷迷糊糊的醒來卻不知道自己置身何處。」她拉開了白紗的窗簾，清新的晨風撲面而來，天空仍灰灰的；但新的一日已經像活鮮鮮的魚腹跳袒在窗外呼吸。

遠山是一片清癯的身影，在山與山的肩胛處，卻飛來一群排著整齊隊伍的鷺鷥，牠們緩慢的、斯文的撲著翅膀，彷彿是一把逐漸打開的摺扇。

「我從來沒看見那麼多鳥！」雪訝異地說。

「在家鄉的秋天有雁。」我說：「牠們愛排成人字形或一字形。」

「人有翅膀多好！」她跪在床上，雙手伏在窗口：「那些白鷺不知道要飛到哪裡去？」

「牠們愛到有天地、有水的地方。」

「雁呢？」

「雁是秋天的使者，雁在天空飛過，秋天才顯得更高、更遠。」

蟬叫

在我的住處本來是可以聽得到蟬叫的，有一天午後醒來，我突然發覺牠們不知何時離去了。我好奇地探首窗外，看到一排茂盛的榕樹已經身首異處了，我感到一陣愴然；那幾棵榕樹站在那裡至少三、四十年吧！爬樹的孩子不但早已成家立業，現在又輪到他們孩子在爬，有許多路過的行人看到這一片綠蔭，也不免想到樹下去偷閒片刻。

以前有一個賣冰的老人，常常騎著她那一輛老舊的腳踏車躲到陰影中，他脫下頭上的斗笠，搖一搖在掛上車龍頭上，那濃濃的陰影好像已成爲他的朋友，他自言自語地點起一支菸，坐在樹幹上悠悠地吸著。

一陣蟬叫像一陣雨落到老人身上。

老人毫不在意地看了樹頂一眼。

老人賣的是碎冰加糖的甜水，沒有色彩，一杯冰水裝在一個寒酸瘦小的玻璃杯中，有些杯口也缺了那麼一點點；好在買冰的小孩子都不管杯子的好壞，他們手裡捧了杯子以後就大口地往嘴裡灌。

但是夏日一季季過去，喝老人冰水的小孩子漸漸地減少，原來瓶裝的飲料增多了，小孩子們也對老人平淡無奇的冰水失掉了興趣。忽然有一天，老人就不再來了；而陰影也彷彿一張破魚網，十分寂寞地躺在那裡。

然而蟬叫還在，我可以在蟬叫聲中凝視夏日的形象。如今幾棵榕樹被砍伐以後，只剩下兩根灰色赤裸的電線桿，夏蟬到要何處去安身呢？

池塘的笑

我熟識一些鄉村的池塘，池塘是土地嫵媚的笑容。

我去的時候，總喜歡帶一支釣竿、一本詩集，人在垂釣或在想睡的光景，讀詩最好。

池塘小小的，旁邊有一座屏風似的竹林，菜田分布在池塘的周圍，有些嫩嫩的菜苗大概怕鵝吃，就用幾根竹子圍成一個矮矮的籬笆；那三、四隻白鵝也只好搖搖擺擺地伸長脖子跑到池塘去了。

我放下釣線，浮標便定定的漂在水面上。

水的顏色儘管不太清澄，但是仍舊可以看得見筷子大小的游魚在嬉戲。

我席地坐下來，在我身旁是一叢一叢的野草，我用手掌握住它們，又放開；在喧鬧的大城市裡，你實在無法可以找到拳握的實體，把手掌接近鼻子，那野草的體香卻帶給人一種喜悅的訊息。

我望著池水，池水也望著我。

有一陣風想要偷偷摸摸地由我面前走過，但我的指間仍舊碰到它的衣角。我期待有一尾貪婪的魚上鉤；那麼回家的途程上，將有原始獵狩的興奮；如果牠們始終只是在遠處冷冷的唼喋，我也沒有急切的沮喪，卻可以慢慢的翻開詩頁。

在這個世界上有人爲擁有的金錢和權力歡躍。

也有人爲知識的貨櫃層疊而炫傲。

同時居然有一個人爲一個小小的池塘而快樂，這豈不是很笨嗎？

第二課　歷史

相牽的手

夜晚住在村鎮的時候，我們走在陌生的道路上，不由得產生一種生澀的喜悅。選一個親切的小食攤，看老闆盛一碗白米飯，端一碗熱騰騰的湯，還有臉上和氣的笑，這不是一個十分美好的世界嗎？

親情負荷的甜苦

憶及

那年冬天很冷、很冷，我穿了很多件衣服，仍舊瑟凍得不停搓手，希望搓一點暖意。

也許是爲倫弟的墜機事件吧，記得他讀初中的時候，就很喜歡運動，一畢業，他豪情的說：「我要去天上飛。」

然後他考進了空軍幼校，很認眞的唸書，再順利的升上官校，畢業後，先飛F-86，再飛F-104。

而那一天，由於天氣特別惡劣，他駕駛的飛機不幸摔落山中。

陰沉沉灰色的天，淚在心中流，參加完了公祭，我和雪帶著他的骨灰回新竹，骨灰匣外面包著紅布，我怕在火車上引人注目，脫下了自己的夾克，細心地包妥木匣。

我心中想：不知道他會不會冷？

午夜，我和雪抵達了山上的靈骨塔。

無人，只有孤淒的狗吠，寒風，天空濃濃的墨黑。

約定的師父爲我們開了塔門。

她問：「是不是年輕人？」

我點點頭。

「無常、可惜。」她嘆了一口氣。

黑暗中，我牽著雪的手下山，謝謝她陪我送弟弟一程。我問她：「妳害怕嗎？」她搖搖頭。風冷、心暖。

其實雪是個堅強的女人，當母親骨癌往生的時候，母親骨瘦如柴，一般人都不敢親近，但雪爲母親淨身，換上乾淨衣服，是的，她令人尊敬。

成了母親

彥玫小時候長得胖胖的，笑得很可愛，有人要跟她說話的時候，她就快速地、害羞地躲到媽媽身後。

她像一株含羞草。

我和雪知道她最喜歡洋娃娃，如果我們到外地，一定不放棄去找洋娃娃，看到造型特別，不管是用什麼材質做的，或者價格如何，我們一定會買下，因爲她是我們唯一的心愛女兒。

她長大以後，堆了一屋子的國內、國外洋娃娃。

結婚，她生了兩個男生，阿仔和阿弟，是不需要洋娃娃的天地。

不忍心洋娃娃寂寞，我們把它們一一地送去育幼院。

我和雪覺得，彥玟從小就是一個懂事、貼心的女孩，在求學、生活上，也從來沒讓我們操心、責備過，而婚姻選擇了偉佳，更讓我們安心，偉佳是一個愛家勤奮的人。

他們在婚後有了孩子，兩個人仍舊決心到美國去深造，偉佳獲得博士，彥玟獲得碩士，兩個人均任教職。

偉佳任教台北市立教育大學，兼任主任秘書、系主任、總務長。

彥玟同年曾經是雪指揮樂隊的成員，主奏鋼琴和電子琴，她練得勤，從不出錯，琴是媽媽教出來的。

雪不是音樂科班出身，卻一頭栽進音樂裡，指揮樂隊十五年，她花了無數心血，爲了研究樂譜，跑遍書店和圖書館，完全不計較報酬，樂隊早晚練習，一練至少一小時，把自己的身體都練壞了。

回顧往昔的音符歲月，她有點感慨：「是不是愚蠢？」

兄弟

家的附近曾經有一座籃球場，彥寰和彥宇兄弟倆，自小到大都在那裡打球，一個叫「邵大」、一個叫「邵小」，據說兩個傢伙也是由那裡偷偷學會抽菸的。

彥寰到高中光景，特別的熱衷運動，我和雪都支持他的興趣，所以他當了籃球校代表、田徑跳高代表，幾乎每天都是一身臭汗的回家。

練跳高的日子，彥寰十分的辛苦，他要在我服務的學校搬跳墊，從體育室搬到跳坑，再自我摸索的練背越式跳法，大概是看國外體育新聞學的吧，漸漸地練出一些心得，終於獲得全縣冠軍。

不過運動表現出色，讀書卻遜色。

兩年沒好好背三民主義，兩年都榜上無名。

只好去當兵，當的是憲兵，駐守陽明山，值勤的時候，每天向大官敬禮，很累，晚上睡覺的時候，他想，還是讀書好。

退伍以後，他考上了大學，開始認眞唸書。

後來申請到美國就學，唸到博士，留在德州大學任教，媳婦玉容任職美聯合航空經理，兩個活潑孫女，愛讀書、愛運動、愛音樂，一家和樂融融，我們也就非常欣慰了。最近，彥寰又兼任系主任、英國交換教授。

而我們遺憾的是彥宇，他英年車禍去世，留在我們案頭的，是他童年打定音鼓的身影，出神入化的鼓音。

聲聲音符碎了，球場空無一人，心也碎了。

成長

我和雪坐在機場的座椅，旅客很多，我們已經很久沒去國外旅遊了，有的旅客拉著行李箱，有的旅客揹著包包，而阿仔也揹著包包，在看航廈外起落的飛機。

他是我們的外孫。

他不過是一個小孩，常牽我們的手過馬路。

在假日，他常伴我們去湖上划船，五、六歲吧！他划船的時候，我和雪就悠閒地讓小舟打轉、盪漾，記得有一次，天空突然下雨了，我們急忙地想划回岸，但是阿仔自信地說：

「我來，我來！」

他小手不斷地划槳，我和雪淋了一身雨，笑著看他。

他已經長大了，包包裡有護照。

他考取公費留學，也申請到西北大學的獎學金，二選一，他選擇了後者，要去接受一次嚴苛的挑戰。

我們深記他童年的泛舟，所以祝福他的自信和努力。

在出國前兩個節日——母親節，他用了一整天的功夫，打了赤膊，做菜給母親吃，弟弟說：「味道不錯！」

——端午節，我和雪去台北，阿仔認眞地跟外婆學包粽子，他的手十分靈巧，包的粽子有模有樣。

他說：「將來我要開一家餐廳。」

我們知道他從小就喜歡閱讀，而且讀的都是原文書，讀建中的時候，不用上英文和數學課，然後考托福滿分，數學也滿分，但我們希望他去國外「划船」，要小心不怕風雨。

小手

阿弟是我們的小外孫，他讀幼稚園的時候，雪要牽著他的小手去學校，在路上遇到朋友。

朋友笑著問：「怎麼又多了一個？」

雪說：「不是我生的，是我女兒生的。」

然後她們都笑了。

雪退休之後，阿弟就是她的伴，假日沒事，我們會去百貨公司玩具部，他會仔細地看玩具，看一兩個小時，也不會無理取鬧地硬要買。

雪說：「大的玩具貴，生日才能買。」

他點點頭，放下喜歡的手中玩具。

在他童年，買得最多的是組合玩具，到現在，我們仍舊留著他一櫥組合的變形金剛、大大小小的恐龍；當然，童年歡樂畫面，親情的美好，也一併收藏了。

阿弟尊敬哥哥，有時候也愛開哥哥的玩笑，但哥哥也很愛護弟弟，並不計較。

在學習的取向方面，阿弟比較多元，英文表現出色，是因爲家學淵源，父母的關係；另外，他在小學曾經成爲桌球校隊，鋼琴練到國中，而且畫得一手好圖。

但雪驕傲的是：「我培養了他愛吃蔬菜的習慣。」

現今，阿弟選擇了他喜歡的資工系，小手變大手了，大概要組合其他的什麼吧！

都要有愛

雪拿了十五年的指揮棒終於放下來，孩子們送她一個大理石的盾，上面寫了「吾愛吾師」四個字。她接過來的時候，眼內有盈盈的淚水。

拿回家內，她就放在鋼琴上面；練完琴，她就喜歡端詳那盾一眼；好像一大群童稚的面孔，嘰嘰喳喳麻雀般的笑語又湧了過來。漫長的十五年，雪把她的心血、精神全花在孩子樂團上，很多初入團的團員，從最基本的訓練開始，經過三、四年嚴苛的訓練，他們終於得到音樂的正確觀念、熟練的演奏技巧；然後經歷表演和比賽，有共同的歡笑，也有共同的沮喪，但是拿起樂器的時候，她和孩子們又忘記憂愁是什麼了。

一旦彈起一首熟悉的曲子，她會提起那個吹橫笛的孩子，笛音或者像在跳古典芭蕾；或者定音鼓的急驟鼓聲，像夏日的滂沱大雨，而突然的鈸是雲層中的雷電。

但所有的絢爛終必歸於平淡，掌聲和汗漬都將消失；雪放下她的指揮棒後，有了更多的時間練琴、聽CD，同時也走出了古典音樂的殿堂，開始接觸熱門音樂。

她說：「我現在只是一個孤獨的旅人，喜歡在旅途上聽任何音樂談話。」

於是雪的生活有了一個很大的轉變。

她養了一籠鳥，籠內住了一隻黃色羽毛的金絲雀，一隻紅嘴白羽的白文鳥。她把牠們照顧得像孩子，又打開籠門讓牠們出來玩，玩累了，再叫牠們回去。

那兩隻鳥很乖巧，對於雪的心意十分了解；只要雪輕輕的吹一聲口哨，牠們就會飛出來到她的身邊盤旋，當雪彈琴的時候，白文鳥尤其叫得特別高脆，彷彿一個歌唱家正在台上歌唱。原本叫聲悅耳婉轉的金絲雀，不知何時卻忽然倒嗓了，牠有時侯飛到鋼琴上面，只是啞啞無聲地叫，那小小惹人愛憐的嘴啄在一開一合的掙扎，使人忍不住爲牠而難受。

然而牠實在是隻可愛的、有勇氣的小鳥。

雪拿著食物要牠來吃，牠立刻飛到雪的手掌中啄食。但是那隻害羞的白文鳥總是怯怯地守在一旁。

客人來屋中，看到鋼琴上的鳥糞都很奇怪，雪就對鳥籠中的鳥兒們說：「都是你們！都是你們太頑皮，下次不給你們出來了。」

朋友們都聽得莫名其妙。

他們只知道很多人把貓狗當寵物，料不到兩隻小巧玲瓏的鳥兒也能善解人意。

飛得快速的白文鳥很喜歡洗澡，放一杯水進去，牠把全身羽毛都浸濕了，再狠狠地撲著翅膀，細粒的水珠住外飛，使誰都會感染到牠的快樂。這時侯不甘示弱的金絲雀也依樣學樣，整個頭都放進水裡，可是要抖落水珠的時侯，牠便顯得非常的笨拙，像一隻落難雞那樣手腳無措，雪在懷疑牠的失聲可能是洗澡著涼了。

兩隻鳥住在同一個籠子內也會打架，尤其洗過澡後的金絲雀，常常蓬鬆著牠的頭亂發脾氣。如果湊巧牠又棲在較高的木杆上，牠便咄咄的向白文鳥示威，白文鳥昂首提出抗議；兩隻鳥立刻相互撲動翅膀衝擊，大概經過三、四次的打鬥，雙方肚子餓了，不約而同就去鳥槽進食。若是爭執過分激烈，雪就打開籠子去作和事佬。

雪說：「人和鳥都要有愛。」

要是兩隻鳥還不聽呢？

雪又說：「我要打開後門讓鄰居的貓進來。」

事實上，牠們是很聽話的，只是有時候也表現孩子們的搗蛋。早晨雪在廚房煎了蛋，一轉身，牠們卻從客廳裡飛過來偷吃，雪一叫，兩隻鳥嚇得落荒而逃。

雪說：「再偷吃，把你們送到警察局！」

每次外出的時侯，雪往往會惦念著她的鳥；她怕忘了鳥食和飲水，又怕牠們害怕。

有一次老三在二樓睡覺，一樓沒人，頑皮的金絲雀飛呀飛的，竟然找到老三的房間把他吵醒。

老三說：「我要把你變成烤小鳥。」

其實我們一家人都是非常疼愛那兩隻鳥兒呢！

我上午留在家中寫作，金絲雀也會飛到書桌上走動，然後用那圓溜溜的眼瞳凝視我，宛若有一分好奇和探究。牠高興的時候，便靈活地蹦蹦跳跳，細瘦的足踝卻像一個出色的體操選手，甚至一得意，便飛到我頭頂上，我喊雪來看。

她興奮地說：「要做窩了！要做窩了！」

不住城市，我們去山上的時候，那裡也有雪的寵物。屋子前後種了成列的杜鵑花和變葉木，間雜著聖誕紅和鐵莧，而花圃裡更有嬌豔的玫瑰，端莊的雛菊，以及倔強任性的九重葛。在大門口遙望，它們總像簇擁著往前要歡迎我們。

看到它們茁長的模樣，朋友們不免誇讚幾句，那時淺淺的笑便爬上雪的臉。

辛勤的澆水、施肥，再加上戴起斗笠拔草，自然花圃中的花兒要盛開了。

「最重要的還是愛。」雪抓起一把泥土說：「有時侯我忍不住對種下去的幼苗說話，我說這裡的春天很好，有好多的蝴蝶，好多的蜜蜂，下過雨，有青蛙的歌聲，也有蚯蚓出來翻土。」

原來花木也要傾聽人的說話。

「我沉默的時候，它們好像也無精打采了。」雪說：「只因爲它們也是成長的孩子啊！」

捕捉

有一個夜晚，我和雪走出電影院，走完一條街，我們便看到那條壅塞著吃食攤子的街廊，鍋中白白的水氣往上浮升；也彷彿是喧嘩的語言，使人忘掉殘夜的凄冷。

煮熱的玉蜀黍顆粒在燈光下閃著金黃色的笑，烤魷魚的婦人，熟練而快速地翻動魷魚。她的手勢和凝注，使人想起一個熱門音樂的樂手。

快接近午夜吧！

有很多人入睡了。

有很多街道也入睡了。

但是環繞在攤子周圍的人卻始終沒有睡意，女孩的手挽在男孩的臂彎裡，或者女孩的長髮依偎在男孩的肩上，而另一個傻笑的女孩，老是像生了蛋似的，握了拳敲打男伴的背。

她的男伴說：「難道你的手不痛嗎？」

生命中的愛情好像在午夜的時光裡綻放得格外的明豔；然後我們看到一個短髮的女孩，正拿一隻燒烤的雞腿給男友咬，那油韌的雞眞不容易咬斷，女孩立刻把它撕斷，再塞到男友嘴裡，但是男孩卻故意去咬短髮女孩的手指頭，嚇得女孩叫起來，而男孩僅是溫柔的一吻。

雪握緊我的手，再輕輕的問：「你感覺什麼？」

「幸福。」

我們默默走開，只是兩隻手仍舊株牽著。

很長的一段時間沒去菜市場了，雪常常提起去菜市場買餃子皮回家包餃子的記憶；好像餃子裡包的都是快樂。

記憶中有兩個人包。

也有一堆朋友談天說地的包。

或者一家大大小小歡笑的包。

所以一想起餃子便想起溫馨的不同感情，當禮拜天我說要陪雪上菜市場，雪卻一臉的詫異；我歉然地避開她的眼光，她去準備網籃的時候，居然唱起歌來。

菜市場的容貌沒有太多的改變，但環境變得乾淨多了；蔬菜的色彩變得更青翠，水果的身軀變得更豐碩，以前很容易看到的蟲咬痕跡再不復見，另外有許多包裝得精美的食品，也引人去購買。然而完全一如往昔的，卻是那沸騰的吵雜與喧鬧，所以我們一進入菜市場內，也好像進入一個激情而喘息的體內。

我已經好久沒有品味那種人擠人的盛況：如今置身緩慢移動的人群中，心情不但不急躁反而產生一種欣賞的悠然。

就在這一刻，四周的聲音都突然的靜寂下來，所有的喧肆瞬息被吸進一個魔瓶，而且人群禮讓出一條道路。

肅穆！凝重！沉滯！

一個佝僂著身子的老人，被一個白髮的老婦攙扶著；老人可能中風過吧！他走動的時候，手臂總是微微的顫抖，而老婦的一條腿也不良於行，走路便一跛跛的，當他們艱辛拖著腳步前行；切肉的老闆擱下他半空的刀，喊叫的菜販吞嚥下他的聲音，一個小孩不再要他母親買玩具了；那一幅殘酷的衰老情狀，震撼得大家啞默無言。

他們走動，前面的空氣也彷彿是一堵牆要阻攔。

不知道經過多久，他們終於走出了市場的通道，人們都鬆了一口氣；好像他們的步履是爲大家走的。

有一位打扮豔麗的太太向她的同伴說：「我們最好不要老。」

她的同伴困惑地說：「他們爲什麼要來菜市場呢？」

只要感覺心裡煩悶，我們便會去鄉村。

雪記得她赤腳在菜園追趕蝴蝶的童年，所以不管到熟悉或陌生的鄉村，她都立刻雀躍地想要奔跑。

她揮舞著手說：「嗅一嗅，這裡有無拘無束的自由。」

也許吧！我們都明瞭：金碧輝煌的餐廳裡沒有，嫵媚的咖啡屋裡也沒有。

然後我們多半不會忘記去探訪一下親切的池塘。

她以笑的漣漪來迎接，而魚躍便是她的談話。

如果是春天，我們就被田野油綠、稚嫩的禾苗所包圍，好像他們正殷切地企盼我們講故事，或是唱一首歌。

如果是冬天，儘管稻子已經收割了，田野只剩下參差的鬚根，但是我們可以看到泥土灰褐、赤裸的胴體，感覺大地蘊藏的活力。

那時候我們仍舊坐在池塘邊，恬淡的享受冬日陽光。

不是假日

無言

有一些地方在放假日才顯得煥燦的，而我居然在不是星期天，不是星期六，不是假日去了；我們晤面的時候，不由得產生一種難以解釋的沉默。

某村

我和雪開了一段長距離的車子去某村。

因爲想在生命中多熟悉幾處驛站，但是在滿布線條和圈點的地圖上，卻無法找到某村的踪跡。我們一路問下去，絲毫不感覺厭煩；作一個旅人，永遠有無窮盡的路，無窮盡的探索。天涯聽起來是渺茫的、虛垠的，然而也正由於它的空白，才吸引許多旅人去漂泊。

我們停車問過山中小雜貨店的主人，三個聚在店中聊天的客人爭相告訴我們某村的去處，有一個甚至走到路中央來，用手比劃該走的方向、該翻越的山嶺；又告訴我們，有些產業道路到現在仍舊是石子路，雨天過去不久，要特別小心落石。

說著，說著，他的話好像變成一種叮嚀。

而我的腳也好像生根了。

生活在城市，這種叮嚀已不復存在了，也許是現代的關係吧！學校的老師不得不教育孩子們說：「要是有一個陌生人向你問路，你就必須要戒備。」

但一路上，我們所遇到的依然是熱忱。

多麼希望那溫暖而野生的熱忱不要枯萎！

後來車子到了叉路口，看到一個戴斗笠的老農在茶園除草，我們車子停到路旁，大概發現我們不知何往的窘相，他就擱下鋤頭走過來。

他說：「你們是去看山地祭嗎？山地祭的時間還遠得很。」

我解釋我們只是慕某村的大名。

老農黝黑的臉上露出小小的失望：「我們村裡有一座很靈的廟。」

「不是爲廟。」我說：「是想看一座很老的大厝。」

他脫下斗笠：「眞奇怪，人老了沒人看，房子老了大家都來看；好，我告訴你怎麼走。」

他從褲袋摸出一包扁扁的菸送到我面前，剩下的菸都變了形，可能也有汗水和體溫在內，我接過來，用打火機先爲他點起，當青煙升起，他就如老友娓娓介紹了某村的滄桑。原來某村也有它輝煌的歲月。

在山林還沒有限制砍伐的時候，很多伐木商人進進出出。另外山上產煤，礦穴的產量時好時壞，煤値錢的日子，山上的礦工也會帶著大把鈔票來某村喝酒。一個咽喉！那時候老農一邊咳嗽，一邊用手指著喉嚨所在，使我對某村的地位感到一分凜然。

告別老農進到某村的街道，我就棄車步行。

我想起西部片中，一個風塵僕僕的鬍髭掩面的漢子跨下鞍馬，滾滾的黃沙漫天蓋地而來，乾草捲在風中奔逐。但是某村卻完全沒有這種狂野、豪邁、恣放的跡象。我站在街頭，放眼遠眺，只見到某村沉浸在一片暖暖的、懶懶的陽光下，非常、非常的寧靜，有如世上的一切紛擾均已沉澱；狹小的街道上，幾乎沒有人，也沒有車，我走動以後，才有一隻狗從街屋的陰影中走出來向我搖尾。

不少住屋的門關著，靜悄悄的；關著一屋時間。

看不出裡面有人。

走過大榕樹下，感到落葉的嘆息，人到何處去了？

好多紅磚平房門上有一把鎖，窗戶的玻璃上積了厚厚的塵埃，爬籐肆性的爬上屋瓦，圓圓的小紫花似乎是某村唯一的活潑。

一股蘿蔔乾的氣味撲進鼻孔，有幾戶人家的門前曬著發黃的蘿蔔和鹹菜；水分失去了，它們顯得乾癟而衰弱。

某村也必然失去了什麼嗎？

我呼吸某村的空氣，突然感覺有一種奇異的味道。

你說它是淒涼吧！不是。你說它是朽腐吧！也不是。

等我和雪走到街尾，才看到有幾個中老年婦人在店屋中編竹籃，一個年輕婦人坐在門口餵嬰兒。

那小嬰兒很不安分的吮吸著碩大的奶房，使得奶房像果實要滾落。

不知道他長大了要不要留在某村？

雪問婦人前面有沒有去路？打算換一條路走。

婦人搖搖頭，把奶兒愛憐地調整了吃奶姿勢。

某勝地

去到某勝地是我們年輕時候的夢想。

新婚的時候，我們曾經想去那裡度蜜月。

有了孩子以後，我們曾經想帶孩子們去那裡漫遊。

可惜我們的生活一直過得很拮据，等儲存到一筆足夠的旅行費用時，都又會遭遇到生活中的其他必須開支；金錢很容易的溶化了，因此某勝地始終成爲我們所嚮往的地方。許多年來，對它的憧憬也越來越深，不管在那裡看到或聽到它有關的報導，都一一十分珍惜地收藏起來。

所以我們要去拜訪某勝地之前，對它容顏已不再陌生。

哪些地方有雄峙的山，哪些地方有湍急的水，我們都瞭解得清清楚楚，那是某勝地臉上的器官。

但更令人震驚的，卻是發現某勝地有了櫛比的房子。

它不是我們多少年來心中所描繪的模樣。

那許許多多的土產店肩碰肩，跟其他勝地的景觀完全相同；曬乾的竹筍和香菇裝在大塑膠內，好像要往外走，門前掛著油漆的粗陋竹木製品，玻璃櫃內陳列各處勝地都有的東西。

不是放假日，勝地冷冷清清。

一個老闆娘端出兩張椅子，捧出一床花棉被來曬。

飲食店的一對年輕夫婦正在互擠臉上的青春痘，不知爲什麼，女人又捶打男人的胸，笑得很開懷。

風來的一刻，玻璃風鈴叮叮噹噹。

路上沒人，使我想起這是畫幅上的路。

這路上舖的是安詳。

有一年冬天繞過最南的海岸，海水一路相伴，風大浪也大，潑墨很濃的天空，像要與海與路濡染了，我把車子開得飛快，飛快；宛如亡命的要闖出那陰霾的圖面。

那是條使我想突圍的路，好像有猙獰在身後追趕。

朋友們都訕笑我選了一個特別日子去。

當樂隊指揮在盛怒的時候，我們怎能聆賞到美好、和諧的樂曲？

南海岸多半是日麗風和的，海水終年保持含蓄的藍，而我所看到的，卻是南海岸風暴的另一面，一旦別人描述南海岸的柔情時，我只能囁嚅的說出伊小小的脾氣。

現在我和雪站在勝地的廣場上，強烈的期待一下子變得很薄淡，心化成浸泡太久的茶吧！

肚子餓了，走進大飯店的餐廳，很多很多的桌子，空空洞洞的，沒一桌客人，亮著幾盞沒精打采的燈。我很擔心那容納幾百個人吃飯的地方，只有我們兩個人進食。

這是什麼滋味？廚房裡的大師傅怎麼想？端菜的服務生又怎麼想？我們的吃飯豈不是變成一齣戲！

可是平常不是人們休息的日子，世界似乎是另一種面貌。

我們很謙遜的退出了大餐廳，因爲不習慣那太大、太豪華的空間；置身其間，未免太奢侈了。

我想，也許有些勝地該留在夢中。

溶於畫

只要有空，我和雪都喜歡騎著機車亂跑。

騎在機車上才能感覺到有風；有一樹的綠蔭像漁網落下來。

也許騎在機車上，風景會更近，就好像緊貼在你面孔上，你不知不覺就溶化在其中了。但坐在汽車內的味道就不同，那一扇玻璃隔看了，你訝嘆景色的自然、秀嫵，然而自己都始終是一個旁觀者。

有一年夏天，我們騎著車子跑跑停停往南走，沒有目的，也沒有時間的約束，我們看看村鎮的市集、寺廟，也看看山丘、河溪。懷抱著熱愛的眼光，揉揉惺松的眼睛，我們想對自己所生活的土地，有一點更深的了解。

夜晚住在村鎮的時候，我們走在陌生的道路上，不由得產生一種生澀的喜悅。選一個親切的小食攤，看老闆盛一碗白米飯，端一碗熱騰騰的湯，還有臉上和氣的笑，這不是一個十分美好的世界嗎？

偶然也會遇到一些謝神的演戲，多半是在小廟的廣場前，稀稀落落的；先排上幾排長條形的木椅，擴聲機的大喇叭，像個碩大的果實結在老榕樹上。穿著花綠古裝的歌仔戲女演員；有的捧著個大麵碗，有的手指夾了支香菸，她們的臉上油彩在燈下顯得豔麗而神祕，我們佇立在場邊，感到那份悠閒輕輕的、躡手躡腳的走來。

等到上場的戲開鑼，人也陸陸續續的來了，我忽然發現：來看戲的不是老人就是小孩子，而年輕人呢？也許他們對古老和夢都拒絕了！

在旅舍的每一個清晨醒來，那日子都有如花朵新鮮的綻放，然後我們就抽一段時間來寫信給孩子、給友人，當他們接到信的時刻，我們都又到了一個新的地方。

騎在機車上，並不想做飛車勇士，所以可以仔仔細細的欣賞。如果眞被景色吸引了，乾脆把車子推到路邊，喝幾口水壺裡的冷開水，選一塊山林或田野來慢嚼細嚥。

一路，我們都說了不少的話，有些似乎是傻話，看到一座山，我們說：搬來這裡住才好。看到一條清澈的河，我們也說：流動的水表現了生命的跳躍，住在這裡不會老。再看到一個山谷，又有了新的主意；我們不是爲自己虛僞的笑容感到痛苦嗎？我們留在這裡最好了，你甚至對溫暖的陽光不展露笑容也沒有人懷恨你、中傷你！說著、說著，我們就發笑起來。我說：「這有什麼好笑呢？」

雪說：「一路上豈不都是我們的房子了。」

我說：「也都不是。」

蝶村

有一次，車子翻過了許多山嶺，在一座山脊上都看到臨崖的一邊長著很多花樹，那些花是絳紫色的野花，沒有特別的芬芳香味，也沒有豔麗、燦爛的姿容。使我們感到吃驚的，卻是一大群黑底彩翅的蝴蝶在那裡翩翩飛舞、棲息。我幼小的時候，曾在農村生長，看過春天的菜園，成群的蝴蝶活潑的鼓動牠們輕柔的翅膀，牠們好像要把沉睡的土地，喚醒過來。

如今我們在山中；突然被蝴蝶的和諧和華美所驚呆了；沒有語言可以表達我們心中激動的情感，如果我們出了聲，就會憂忡失去了蝴蝶；也失去了寧靜。我們坐在草地上，冷冷地抱著膝蓋，冷冷地看蝴蝶，我想起了莊周。

古城

之一

我們沿著海邊堤岸前行的時候，在夜晚的燈光下，海浪忽然變成了銀色，它莊嚴而又有節奏的撞擊著堤岸，有些白色的浪花幾乎變成了翅膀要飛翔。

「啊！」詩人張著臂說：「是大地的心跳。」

「一定有愛情在內。」畫家說。

我只感覺風很冷，白天湛藍的海水好像完全溶入遠方的夜色中；有時候撲起來的浪花躍上岸，使我們嗅到海的體香。

「我們爲什麼要在這麼冷的天氣下出來呢？」詩人說。

「爲澎湖的風吧！」

步下飛機，肌膚就感覺那風了，有些女孩都緊緊的按住她裙子的下襬，但是頑皮的風仍舊吹亂了女孩子的髮，畫家說：風中的女孩也有美的韻味；如果是春夏，是春夏那些單薄的衣衫緊貼在女孩的身上，尤其具有一種自然的線條。

而現在，我們只是踽踽的走在寂靜的澎湖海邊。浪一波一波沉穩的湧過來，好像要告訴人久遠和浩瀚。

詩人停下他的腳步望著海：「我忽然想起先人開拓的辛勞，他們乘一艘大帆船飄洋過海的來到這裡，然後面對一片荒涼，再一鋤一鋤的使土地能生長植物、食物，他們所花的心血是多麼大呀！」

「那也是不朽的畫。」畫家說。

夜已經深了，海岸的防風林發出酣睡的呼吸。

我們走完堤岸，也把堤岸帶入行李；帶入記憶。

不知道走了多久，突然在前面的道路上出現了一座古城，三個人怔怔的打量著歷經風霜的城牆；身軀矮矮胖胖的，都顯得很厚實，那拱形的城門，也不知道來來往往了多少歲月？

我打破沉寂的說：「進城去吧！」

「慢著。」詩人說；「我還有一匹馬。」

「馬呢？」

詩人揮動他的手有如揮鞭：「我騎著啊！」

於是詩人騎著他的名駒，一跳一跳的騎到城門口，也許是怕馬兒走失，詩人老兄還慢吞吞的把韁繩綁好在樹上，又拍拍馬的屁股。

詩人說：「兩位公子爺，你們聽到馬嘶的聲音嗎？」

我點點頭：「不是馬嘶，是馬尿。」

畫家把打火機打亮火，他要去讀城牆上的碑文，我踏上一級一級的階梯，彷彿走進古老的年代。建築一座城總要用上很多的人力、物力；但城內居民所企求的，都僅僅是並不算奢侈的一份安全。

「兩位。」畫家朋友匆匆忙忙的趕上來：「這座順承門是馬公僅存的城，你們半夜三更登城，可以賦詩一首。」

「我喜歡撫摸。」詩人說：「詩就免了，用你們的手來感覺。」

我把手掌貼上石牆，它的寒冷似乎要流入我血管。

之二

公路的兩旁都鋪著冬日的枯黃，而我們熱烈的談話，也彷彿感染到冬日的肅殺；漸漸的消失了暖意。

朋友說：「你們可以看出來，我們澎湖是討海維生的地方。」

車子走了一段長長的路程，一路上只能看到一些倔強的瓊麻。

然後經過一稍小小的盆地，都發現許許多多的塑膠袋，附著在枯草上、岩石上避風。

「這是怎麼一同事？」

「現代人的疾病。」朋友說：「是觀光客帶過來的吧！」

但是島嶼依然是非常、非常乾淨的地方，使人不忍心丟下一個菸蒂。

詩人說：「風是一個殷勤的主婦，她把山谷的廳堂打掃完了。」

車子停下來，原來西臺古堡已在望。

海風凜冽，沒有其他的訪客。

古堡像一隻匍伏的家犬，警覺的豎著耳。

我們登上高丘，再眺望藍色的海、澎湃的浪；有一艘小小的漁船在遠方作業。古堡內曾駐紮過五千人防守，上面曾設置了四尊龐彪的大砲，而如今呢？四周靜悄悄的，甚至沒有一隻飛鳥，衛疆的兵勇和大砲均杳然。

走在古堡的石道中，沒有喧嘩，沒有撞擠，沒有汗臭……我只能聽到自己和朋友的足音。

之三

汽車遇到古老小巷的時候，只好委屈的停下來。

駕車的朋友滿臉抱歉地說：「車子不能進去，請各位步行參觀。」其實我們眞是需要走路的。有好久我們沒跟妻兒走路了。也有好久我們沒跟朋友走路了。

在大城市裡生活，每個人的腳步都有一種茫然、無奈的痲木。現在一旦進入小巷，那腳步變得可以快，可以慢，並且可以退回來再重新起步；爲的也許只是想仔細看看那朽舊的木門，或者一扇雕刻精緻的窗子。

同時在小巷裡也不必掩飾喜悅。

畫家居然興奮得奔跑起來，詩人叫他小心高低不平的石頭路。

我們流露的孩子氣並沒有觀眾，因爲小巷裡沒有人影。有的房屋也沒有門；我們走進去，可以自由的站在庭院中憑弔，放肆的言談。

「人呢？」

「都到外地工作去了。」

庭院中的石井依然有水。

牛欄裡依然有薄薄的牛味。

據說電影公司曾來這裡拍過鬼電影，有人生了一場莫名其妙的大病。也把一些人嚇著了。

但我仍感覺午後的陽光很溫馨，只是巷子沉睡罷了。

之四

車子爬坡爬得很吃力，道路更是彎彎曲曲的顯得崎嶇，然而朋友說：要想見到桃源；就要有去桃源的精神。

我在車上已經抽了半包菸。

我記得車子也已經過了好幾個小鎮，迷迷糊糊的而且睡了片刻，似乎去的地方路程不近。

最後穿越了一座樹林，車子跳跳蹦蹦行駛過瘡爛的路面，終於看到那白色高大的山莊牌樓。

我詫異的說：「這是什麼名勝古蹟？」

「很出色的現代建築，將近有一百幢。」

坡緩了，別墅型的房屋彷彿蜂巢散布在四周。

有一條路上是完工的房子，外牆還貼了晶亮、閃光的瓷磚，但古銅色的房門卻洞開著，茶色的落地玻璃碎了一地、前庭的花木全枯萎了，廣告的木板狼藉的躺臥地上。至於那些只完成外殼的工地，建材更是肢離破碎的散布，沒人聞問。

「我來過這裡很多次。」朋友感嘆的說：「但是價錢太高，我買不起。」

「沒人住？」我環視一圈，山坡上的房子呈現一片淒涼。

「沒一戶人家。」

「山頂那巍峩的大樓也是。」我惋惜地向山峰看。

「那是計畫中的超級商場、餐館和電影院。」

「景色的確很美。」我俯視那翠谷的嫵媚：「如果現代桃源沒那麼多就好了。」

冬日

飛雪

我小的時候，很喜歡看廳堂裡的一幅畫。

那幅畫上是一個戴氈帽、穿皮裘的老翁在雪地上行走，後面跟著一個臉上帶笑的頑皮小童，再後面又跟著兩個人大大小小的腳印；可能所看到的國畫多半是清雅孤絕的山水，所以一見到這兩個人就不免覺得距離近了些；再一個原因，大概是那幅白皚皚的雪景，使我想起冬天冰天雪地的情趣。

我的家鄉飄雪是在十二月，那時候秋風已經早把樹上的葉子吹得光禿禿了，在田野中，稀落的樹木就像從寺院裡跑出來購物的老僧，但當一夜的飛雪，整個世界變成潔淨的銀白色，連落葉的樹木也像有了笑意。

而祖父總是摸箸他下巴的鬍子說：「瑞雪、瑞雪！」

黃昏的時候，屋子上了燈，屋內有小小漸暖的火焰，而屋外則由天空飄下了無聲無息的雪；一片一片的，綽約而輕柔的，婀娜而羞澀的，像從遙遠的一個莊院，坐了轎子，然後揭開了轎簾，來到另一個大宅作客。

雪片慢慢地鋪在院落裡，雪片輕輕的在晤談。不管我如何的豎起耳朵；我也無法聽清她們的談話。

夜來了，但天空仍舊是明亮的；沒有沉沉的墨色。

我向手掌呵呵氣，要把手掌搓熱一點兒；初下的雪總是乾乾的，要等陽光出現它才會離去，我走到庭院拿起一把鏟子，我要堆一個矮矮胖胖的雪人。

結冰的河

我們兄弟站在河邊，看見河水變成一面很大、很大的鏡子。河水呢?或許河水去旅行了；春天就會返來。

我向結冰的河面拋出一塊碎瓦；那碎瓦像一隻奔逃的兔子，跳躍著要躲向遠方。橋弓著背，莊嚴而斯文的，彷彿站在大門外，要送走一個遠行的客人。橋上冷冷清清的，都沒人行走，冬天河水結了厚實的冰；很多人在冰上走來走去，很多人也忘了橋的存在了。

冰的膚面是平坦而光滑的，走在上面必須小心翼翼，有一年，一個推獨輪車的漢子，推著兩麻袋米，行到河中央，忽然起了冰的破裂聲，他來不及往前推，車子和人便落入破碎的冰窟窿中，等到那個人爬起來的時候，他已經凍僵了。

往更遠的河面看去，總會看到一兩隻探頭探腦的野鴨，牠們不知道從哪個地方冒出來的？當太陽溶化了一部份的冰塊，牠們就會跳到水裡去嬉戲；而現在，牠們多半離人離得遠遠的；用角嘴剔著羽毛，好像在等待著什麼。

有人走近牠的時候，牠就撲撲翅膀羞怯的飛了。

記不清那一年了，有一個拿槍的青年人站在河岸上，孩子們團團的圍住了他，他像一朵菊花開在我們頭上。

「我要打一隻野鴨。」他說。

第一槍他沒有打中，我們跟在他的後面繼續走；第二次開槍，那隻野鴨就應聲匍倒在地面上，大家歡呼的奔跑到結冰的河面去觀看；野鴨已經完全沒有聲息，牠好像抱著一個夢那樣的躺著，有一些溫紅的血，由牠的羽毛中偷偷流出來。

弟弟蹲下來，又拉住我的手。

「死了？」他問。

「死了。」我們都沒有喜悅，只覺得寒冷。

燈籠

在冬天的晚上，我喜歡夜行的時候，提一盞小小的燈籠；燈籠裡的光漂浮在寒夜的街巷，像一朵早開的荷，但是都沒有荷的豔麗。如果雪把地面鋪平了，燈籠就成爲多餘了，因爲雪的光亮使人可以看得清道路，但是手握著燈籠卻感覺有一份溫暖和扶持；在凄冷、純淨的世界裡，不再感受到孤獨。

我記得一家小小旅店的大燈籠，每個夜晚，店主拿一張長條板凳到門外，然後他站上去點起一枝瘦瘦的白燭，再把油紙做的燈籠殼套上，而原本陰暗的簷下，突然有了暈黃的光。燈籠上面「平安客棧」四個紅字也不再憔悴了。

旅店主人是個老人，有個夥計幫忙賣吃食，他本來有一個長得很清秀的孫女，後來都不知道去向了。

我去吃牛肉麵的時候，常常看見他在問過路的旅客。

他憂鬱的說：「有人說小菊在馬鎮。」

被問的人在麵碗上撒著胡椒，一股熱騰騰的白氣直往上冒：「誰是小菊？」

「小菊是我的孫女兒。」

吃麵的人咽了一口口水，再搖搖頭。

我看過小菊，她瘦瘦的，像一根芹菜，有時候她幫忙她爺爺在井欄邊洗白菜，兩條長辮子溫柔的垂掛在背上；看到陌生人，她的頭就低下來。

小孩子們都知道小菊是害羞的姑娘。

她爲什麼要跑開呢？

有人說：她是跟一個年輕的外鄉人跑開的。冬天的夜晚，她的爺爺點上燈，然後站在門口，呆呆的看著黃昏疲倦的泥路。

迎進一個滿臉倦意的旅客，他又不由得問：「小老弟，你在五指渡見過一個愛穿青布衫的姑娘嗎？」

字

在飄雪的日子，祖父的書房裡會燃起一爐炭火。

祖父在他的書桌上攤開典雅的宣紙，他慢慢地準備寫字用的筆硯，走到近窗看看天空，他口中吟起詩來，室內繞了幾圈，他走回自己座椅上開始磨墨，磨了一會，他的鼻子貼近硯臺嗅著。他讚嘆的說：「好墨！」

「香嗎？」

「你過來聞聞。」

我走到書桌旁，鼻子裡吸入一股淡淡的墨香。

我說：「墨香比不上烤銀杏香。」

祖父笑得眉毛揚了：「你一腦都是吃！」

我望著祖父揮毫，書房裡靜靜的，只有炭火的竊笑。

棉店

中午暖和的陽光灑在石板路上，我們跳著蚱蜢的步子去棉店看彈棉花。

棉店老闆在初冬就忙碌起來，他吃午飯，捧著一碗麵條站到屋外，眼睛溜溜的張望著路過的行人，好像行人和車輛也可以用筷子一夾就放到碗裡。

我們很喜歡看他的模樣，因爲他的衣服、褲子、鞋子上都是白白的棉絮，而他的頭髮白了，眉毛和鼻子都成了飛絮的窩巢。

他沒有結婚，我們去他店裡的時候，他愛說一個仙女的故事。他說：「你們知道嗎？好心的老天爺送了一個仙女給我做老婆。」

「胡說！胡說！」

「是眞的。」

「她在哪裡呢？」

「晚上沒有人的時候她就來，太陽出來之前，她就走了。」

「長得好看嗎？」

「她是絕世的美人。」棉店老闆慢慢架起他彈棉花的木弓，手指輕輕一撥動著，棉弓發出「咚咚」清脆而喜悅的聲響：「她替我洗衣服、煮飯、縫衣服，她是個好女孩，你們看；她就像我彈出來的棉絮。」

棉絮開始由弓上飛揚，像薄薄的霧由地面濛濛上升起，那霧起初是羞怯的；然後那霧便自由的，開懷逸散。

酒

在冬天飄雪的日子；夜晚就變成一個銀色無邪的世界，到處鋪展著白皚皚純淨的雪，父親張開他的手掌，呵一口熱氣。宛如要抱一隻軟茸茸的貓。

「眞冷！」他說，「雪要把我們吞進它肚子呢！」

「沒什麼好怕的。」我說：「要是吃一碗牛肉粉絲下去，我會到外面去舞獅子。」

「你又餓了？」

「餓了。」我點點頭。

「一天到晚都在餓。」

「睡的時候不餓。」

「那麼床上的螞蟻呢？」父親揪著我棉袍的衣領往外走；「要去跟你談天，不是去搬餅屑子？」

我說：「我們忘了燈籠。」

「這麼亮的雪！」

我掙脫出父親的手掌，一溜煙的便奔向屋裡去找燈籠，那燈籠是紅的；上面畫了一些花，我喜歡把它拿在手中搖晃的滋味，假如有燈火，它就在地上畫呀畫的，要畫出一個什麼模樣來。我說：「爸，你喝一點酒。」

「小鬼！」

「不要喝醉。」我說：「回去的路上才能唱戲。」

「也有你的。」父親哈哈的笑著，像把寒凍都趕走了。

賣吃食的集中在東街，父子倆要走一條長路才到，推開店門，伙計一看到我們，便滿臉堆笑的迎接。

「上等牛肉。」伙計捻高煤油蕊燈的：「又肥又嫩的羊肉可以當玻璃。」

父親摸著下巴不慌不忙的說：「喲！」

「先暖一壺酒。」伙計說：「小少爺要吃點什麼？」

「帶筋的腱子肉。」

「行家。」伙計嘖嘖讚美的說。

然後一鍋冒著小水泡的羊肉端上來，白茫茫的霧氣爭先恐後的要逃走，我們已在小碟子裡準備好紅得耀眼的辣椒醬，竹筷子伸進砂鍋中，首先刺破了它的一層油皮。

父親說：「吃吧！不要燙了舌頭。」

第三課　音樂

山村的歌

下雨的日子，嘩嘩的澗水彷彿是跳躍的童心，
站在澗旁，很容易跌落入童年的夢裡。

飲幾盅鄉情

雪藏植很久的夢想；是在山村建一幢屋子。

那屋子最好有純樸、鄉土的風貌；外面都是樹，有很大的空地，可以種花，也可以養雞，而裡面有一些實用的家具就行了。

尋尋又覓覓，我們終於在一個陌生的山村。找到企盼已久的桃花源；坡地平緩而溫柔，滿山的桐樹，層層疊疊繁茂的往上擁擠，又濃又厚的綠散發著寧靜。

但是建房子不是簡單的事，必須要從外地找一些建築工人來施工；我們去山村雜貨店買飲料，談到頭痛的問題時，突然冒出來一位瘦瘦小小的老人家，他非常熱忱的說：「你要建房子的人，我有朋友。」

雪的神情有點猶豫：「我們要建的是平房，跟古厝差不多。」

「他更內行。」老人家說：「他是做木作的老師父。」

就此，我們認識了山村的第一位朋友——茶仔伯。

茶仔伯是位古道熱腸的人，他過去對於種茶很有研究，尤其他的女兒採老茶的技巧很出色，可惜城市裡的一些呼喊也傳到山村來；茶仔伯的女兒便悄悄的一去不返了。

然後茶仔伯就剩下一隻黑狗和他作伴。

他悠悠地走在山道上，黑狗悠悠地跟在他的身後，不管清晨或黃昏，都透露一份安詳。茶仔伯的老伴走了多年，鄰居們說；逢年過節，茶仔伯都會到墓園去坐坐，大概是有很多話要說吧，而且還不忘帶老伴愛吃的碗粿呢！

房子開始動工了，我們都很興奮。

雪戴了斗笠，穿了長袖衣服燒茶水煮點心，我們打探了山村的規矩；工人工作的時候，上下午要各吃一次點心，最先我們是從山下帶過來，等雞舍落成，雪乾脆在雞舍裡做出一些好味道的點心，而在休息的時間，我們就和山村朋友有了更多交談的機會。

住在村口的平頭伯常感慨的說：「山村裡的年輕人都走了。」

「城市到底有什麼好呢？」

「吃的多，玩的多，賺錢又容易。」

「不見得吧！」茶仔伯心有餘痛的說：「很多少年仔沒錢而犯罪，會被抓去坐牢。」

「我也想去，就是不能去，」說話的阿坤悵悵的眺望山下。

山下的大橋躺臥在兩岸，旅行的鵝卵石已跋涉累了在休息，急湍的河水卻好久不復見。

我拍拍阿坤的肩膀：「想山下城市的時候，就去看場電影，吃一頓館子。」

「不，他想的是看跳舞，脫的。」

大家一陣哄笑，阿坤就顯得不好意思了。

在山村裡，阿坤有較多的產業，有田地，果園，林木；但他是獨子，父親年邁了，他必須繼承起父親的擔子，偏偏他生了四個女兒，當然父親更是不讓他離開了。

當我聞悉阿坤老婆又大著肚子的時候，便舉起茶杯祝福他一舉得男，而阿坤也允諾一定要送油飯和紅蛋。

建屋進行得順利又愉快，山村中有很多人白天外出工作，晚上又回來；屋子的門窗、水電、油漆，都能從山村中找到朋友來幫忙，不過他們都很詫異我和雪爲什麼要建老式樣的平房？

阿坤說：「外面的農舍，有些是別墅呢。」

我說：「我們是平平凡凡的人，所以就住平平凡凡的房子。」

爲了怕長草，屋前的走道用小石子和大卵石鋪路，茶仔伯做事很仔細，排石頭的工作請他做，我就用手推車搬送石頭，有時候汗流浹背，衣服都濕透了。

有一次，他忍不住奇怪的問：「你爲什麼要做？」

我說：「爲什麼不要做？」

後來，他滿臉糊塗的搖搖頭，又笑了。

有一天工作到傍晚，派出所的程警員騎了輛摩托車，匆匆地上來。

平頭伯說：「程警員送喜餅來了。」

「麻煩事。」程警員脫下帽子：「所裡接到電話，鵝仔在台北殺人，逃到老家來了。」

「鵝仔是老老實實的少年仔。」茶仔伯說：「我從小看著他長大，他不會做這種歹事。」

「人是會變的。」程警員說：「幸好那個人沒死。」他握住茶仔伯的手臂：「這件事要拜託你，你熟悉鵝仔要去的地方，你把他勸出來。」

茶仔伯思索了一會才說：「好吧！鵝仔的老母會傷心了。」

然後茶仔伯抱歉得暫停了我的鋪路工作，他專心一意地帶著黑狗，翻山越嶺尋找鵝仔，兩天沒有影踪，他略顯憔悴，又翻開破鞋底給我看；但根據過去帶領鵝仔打獵的經驗，他有信心找到他。

第四天夜裡，茶仔伯找到鵝仔，又帶領去派出所。

「他變成一隻受傷的兔子。」茶仔伯忿忿不平的說：「是城市欺負他。」

我無言。

對城市憧憬的青少年，如果沒有瞭解城市的漩渦和陷阱；很容易就會受到傷害。

房屋快要落成的光景，山村的朋友送我們一些果樹，有番石榴、柑橘、香蕉、楊桃……，雪養的雞在坡上漫步，我們彷彿已完全溶入山村，而山下的城市已遠。

山中歲月總是畫

山路上

一路上的綠色田野，蒼翠的行道樹，總會使自己的心境漸漸的寧靜下來；彷彿是一種撫慰的言語。

對於過去竭力企圖得到的東西，突然感到一陣淡泊的疏遠，焦慮和期待，好像也化作白鷺悠悠的羽翼；閉塞的心靈門扉終於開啓了。

山腳下是一排防風的竹林，有風的日子，他們的身子就擺動著，好像相互間正傳告著喜悅的訊息。而在他們的身後，便是遍布油桐的山，再遠一點兒，那山變得淡淡的、灰灰的，泛著少許的紫，像是彩筆潑畫出來的。

有一個老人，多半坐在他的紅磚房子前面，一根拐杖陪伴著他，一隻狗在他的面前如鐘擺晃來晃去。

我向他揮手，他向我揮手。

他賣了田到城市去爲兒子買房子，勉強住了一個月，想念著綠色的田野，他又偷偷逃回了老家。

紅磚老屋只剩下孤單的老人，白天，他仍舊到菜園去工作，晚上便坐在藤椅上守著電視，要知道山的歷史，他會告訴我，我們各自燃點起一支菸。

他說：「從前的山路不是這樣下來的。」

我說：「大概不會像繩索掛下來吧！」

他吐一口煙：「山路和山溪結成了友伴一道下來。」

老人說得有理，在野草長得很高的時候，也只有沿著山溪走才不會迷路。

春天循著山溪走，溪水淙淙的，像一個快樂而愛說話的女伴，一路上總是說著春來的故事吧！但我必須注意那長得繁茂的草叢，偶而會有一兩條細瘦的灰蛇，在小路上不期而遇，我相信：我們都互相的吃了一驚，然後又分開；像在城市的道路上，常遇見的一些交通事故，其實大家都不希望發生這種事的。有一次，我不小心碰到一窩胡蜂，牠們立刻惱怒的飛出來追我；我一路揮著斗笠，想起自己有如是卡通片中的一隻黑熊，十分狼狽的才脫出重圍。

山上也有養蜂人家，他們養的蜂都是和善的；我有時經過蜂箱，只看到一大群辛勤的蜜蜂，撲動翅膀嗡嗡得叫；彷彿下課時候，一大群在操揚上玩得起勁的孩子。

也許由於我的魯莽，才觸怒了胡蜂出來攻擊吧！

魚與蝶

山中也有許許多多的聲音。

夏天的蟬叫來得最洶湧，似乎是滿山遍野奔騰而來，使我們陷在重重的包圍中，然後，牠們又不約而同的，忽然停歇了；又過一會，再一波一波的湧來，趕來。

所以夏天的蟬叫，該是山林中節慶的宴會，聽多了，會覺得喧聒。

我最喜歡的，是靜靜的坐在池塘邊，看微波蕩漾，聽游魚唼喋，或者幾尾嬉戲的草魚，躍出水面，使得嫵媚的池塘露出了笑容。

在長久的享有靜以後，忽然對游魚的談話也熱愛傾聽了。人眞是奇怪啊！

但我不喜歡垂釣，因爲我覺得垂釣是一種謀殺。

如果聽久了游魚的唼喋感到厭倦，我就會走到花圃旁，選一塊蔭下的大石坐下，有一些涼風躡手躡足的過來，膽怯的竹雞卻飛撲著翅膀驚遁。那時候，我就沉默地凝視著翩翩飛舞的蝴蝶，好像成爲山石的一體。

牠們多半在玫瑰、一串紅、金盞花之間吮吸花汁；有小小的白蝶，有活潑的黃蝶，也有雍容華貴的黑花蝶。經常看到兩隻在一起的時候，就會使我想起那動人的愛情故事——梁山伯與祝英台。

我仍舊記得牠們未蛻變前的醜陋，但牠們自己會記得嗎？

林木

山上要是沒有林木，山就顯得蒼涼。

有不少人喜歡征服冰雪覆蓋的山峰；也許是基於距離天空更近的關係，也許是歷經險阻和艱辛，爲一個到達的目標而欣慰。倘若登上孤峒的峰頂，四顧茫茫，卻不見林木；心理雖是滿足了，而瞭解的情懷卻不一定很多。

林林蔥蘢的山便不同，它給人的是一份和平親切。

走在林中，是走在一個自然的長廊中。

疏疏點點的陽光會把人潑得一頭一臉，好像淋濕了，卻膚肌暖暖的，癢癢的，甚至以爲有什麼蟲蟻在爬動呢！到眞正下雨的日子，葉片擋住了雨水，淋在身上的也並不多；倒是覺得那雨滴的話語，消除了不少寂寥。

農具之歌

荷鋤歸去

我把鋤頂荷在肩上，走在山林中的時候，忽然笑了起來。

我不知道喜文學和藝術的朋友，看了我這模樣怎麼想？

我不知道參與過「座談會」，又聽過我談寫作經驗的青年朋友怎麼想？

我也不知道一些過去曾結伴夜遊的酒友，是否認爲我又是一次「酩酊」？

在流出一身汗水，解開了胸前的衣扣，迎著林蔭的清風，慢慢的走著，突然間也只覺得，天地間，只有一把鋤頭，只有一個我。

很多個午夜，拿著一支原子筆，坐在燈下，苦苦的捕捉著文思，當字跡被稿紙的欄柵圍得滿滿的時候，我就放下筆，泡一杯茶，然後享受那創作完的喜悅。

但荷鋤的感覺卻是不同的。

它不再需要心靈的深思，活動一天後的肉體是疲倦的；汗水冒出來，風吹乾了，再冒出來，陽光曬乾了，臂和腿也隱隱的感到酸楚。當黃昏來臨，荷鋤歸去，心內所湧起的，卻是對生命的一份盈實感。

我舒暢的坐在屋前的廊下，看著薄薄、淡淡的日影鋪在樹頂；又彷彿一件錦緞，雅柔的衣服被摺起，再放進暮色的櫥櫃，它慢慢的，被一隻纖手收拾起來了。

我的鋤頭被清洗後，安適的倚在牆角，一天下來，我們合作鋤了不少草，它也該歇歇了。

記得買第一把鋤頭，是在一家五金行買的，那鋤頭木柄刨得白白輕輕，連鋤頭也是很單薄，我懷疑的看著這柄秀氣的鋤頭，又不好意思多問。等拿到山上，用了一個星期左右。首先是鋤尖碰到石子缺口，接著是常常鋤鐵脫落，我還要不時的修理。有一次更嚴重，那木柄在我用力之下，居然斷成了兩截。

我再去找五金行的老闆，那五金行老闆笑笑的說：「我以為你是整理花

廣	告	回	信
板橋郵局登記證			
板橋廣字第83號			
免	貼	郵	票

235-62

台北縣中和市中正路800號13樓之3

印刻文學生活雜誌出版有限公司　收

讀者服務部

姓名：＿＿＿＿＿＿＿＿＿＿ 性別：□男　□女

郵遞區號：＿＿＿＿＿＿＿＿

地址：＿＿＿＿＿＿＿＿＿＿＿＿＿＿＿＿

電話：（日）＿＿＿＿＿＿＿＿（夜）＿＿＿＿＿＿＿＿

傳真：＿＿＿＿＿＿＿＿

e-mail：＿＿＿＿＿＿＿＿＿＿＿＿＿＿＿＿

INK

INK PUBLISHING

讀者服務卡

您買的書是：________________________________

生日：　　年　　月　　日

學歷：□國中　□高中　□大專　□研究所（含以上）

職業：□軍　□公　□教　□商　□農

□服務業　□自由業　□學生　□家管

□製造業　□銷售員　□資訊業　□大眾傳播

□醫藥業　□交通業　□貿易業　□其他________

購買的日期：______年______月______日

購書地點：□書店　□書展　□書報攤　□郵購　□直銷　□贈閱　□其他

你從哪裡得知本書：□書店　□報紙　□雜誌　□網路　□親友介紹

□DM傳單　□廣播　□電視　□其他

你對本書的評價：（請填代號　1.非常滿意　2.滿意　3.普通　4.不滿意　5.非常滿意）

內容______封面設計______版面設計______

讀完本書後您覺得：

1.□非常喜歡　2.□喜歡　3.□普通　4.□不喜歡　5.□非常不喜歡

您對於本書建議：

感謝您的惠顧，為了提供更好的服務，請填妥各欄資料，將讀者服務卡直接寄回或傳真本社，我們將隨時提供最新的出版、活動等相關訊息。

讀者服務專線：（02）2228-1626　讀者傳真專線：（02）2228-1598

圃用的。」

後來買第二把鋤頭便謹慎多了，我東問西問，問到一家打鐵鋪，它藏身在一條小巷裡。黑黝黝的屋子，掛滿琳瑯滿目的鐵具，冶鐵的爐子中燃著熊熊的火，黑瘦的老闆像一把火鉗在打鐵，我說我要買一把好鋤頭，他一言不發的把鋤頭拿到我眼前，那森森銳利的鋤鋒幾乎使我後退一步。

新鋤頭起初使用的時候，覺得很不習慣；因爲它的份量重多了，而且鋤尖和木柄之間的距離和角度也不一樣；揮鋤的力道和姿勢便有所不同，由於使用過一段時間，手上起了繭，再要鋤掉堅韌的茶樹樹根，也能得心應手了。

精於書法的朋友，多半擁有一支好筆，喜歡音樂的朋友，總期盼一架好琴。

我呢？有一把發光的鋤頭，也沾沾自喜了。

鐮刀割草

山上長得最快最高的是茅草。

山更沒有燈紅酒綠。而年輕人往往對山下懷著憧憬；要追求一個燦爛的明天，肉體和心靈的受創，又算得什麼呢？

於是山道旁的雜草，只有我寂寞的割了。

雪爲了怕銳利的鐮刀使我受傷，特地做了一把木鞘；我掛在腰旁，也增添了少許的英武感覺。

釘耙和鐵鏟

小時候讀《西遊記》，對挺著肚子拿釘耙的豬八戒，頗有深刻的印象，主要是他那獨門武器，大概不在古代兵器榜中；發福的豬先生不知道用何種招式，大戰去西天途中所遇的妖魔鬼怪。

等我自己拿到釘耙鬆土，才發覺釘耙的確有很多妙用；因爲一塊高低不平的土地，有了釘耙才能耙平；在鬆土的那一刻，有尖尖鯊齒的釘耙，由外形看起來，很像一把梳子，它也把土地的毛髮梳理得整整齊齊；野草不見了，表土經過一番鬆動有了新貌，土層的顏色變了，而且有了彈性。偶然也有一兩隻蚯蚓跑出來，好奇的透透氣。

每次拿起釘耙，我都會看看自己的肚子，幸好不大！雪整理我們城市住屋小庭院的時候，有一把可愛的小鏟子；她種花、施肥、除草，常常用到它，到山上來，她也帶著，但是看到山上有那麼多泥土時，她的小鐽子也束手無策了。

我們買了一把大鐽子，主要是用來移土。後來種果樹，它也幫了不少忙，種樹之前，必須先挖一個舒舒服服的洞，讓樹根埋下去不會覺得侷迫，然後再從別處運來一點沃土，這樣，果樹才能長得健康。

有時候，朋友們帶著孩子上山，他們對於鐽子的興趣往往比較濃；不是拖了鐽子當馬騎，便是拿了鐽子去玩沙土；朋友客氣的提醒孩子說：「你們不要把鐽子弄壞了！」

「鐽子很堅固。」我說：「該小心的，該是閣下的公子。」

茅草長得矮的時候，可以用鐮刀割，等長高了，就必須把鐮刀裝上柄；要狠狠的用力氣去砍，山村人家，鐮刀也是少不了的，有幾戶養牛人家，爲了要供應牛群一頓新鮮的草料，大清早就在山道上割牛草，然後把割好的草綁成一大捆，扛在肩頭回家。

我原本認識一家人，他們常常上山割牛草，我曾經請教他們買什麼鐮刀好？但是經過了半年，就難得再看見這一家人在路旁割草和我打招呼了。有一次，我又在山道上碰見了白頭髮的老阿伯，他的神情卻顯得落寞。

我說：「老阿伯，你的牛怎麼不吃草了？」

「我的牛……」老阿伯一臉的苦笑：「大家都不喜歡割牛草，嫌辛苦；哼，我就賣了，跑吧！不管大的小的，都到城市去吧！讓我這個老頭子留在山上，我一樣能夠把它整理好好的。」

我沉默的凝視著山。

山是沒有財富的，山是沒有掌聲的。

面對青山

雲和雨

車子還沒有上山的時候，我們就看到白茫茫的浮雲在山腰間飄動，朋友說：真沒想到你與天空住得那麼近！我說：如果下山的時候，你要帶走多少雲都可以。

往常，山上的雨總要比平地來得多些，有時候，平地是萬里無雲的天氣，但是一上山，卻有迷迷濛濛的雨絲，客人穿的一雙好鞋子，不免會染上泥濘，若是穿的一身光鮮衣服，也只好委屈的被山雨棲息了。

山上陽光普照的天氣，是最令人喜愛的，但是也有少數朋友迷戀那雨落、雨歇的美景；他們說：只有懂得欣賞雨的人，心內才能擁有一片寧靜。

這話說得也有幾分道理，一連下了好多天雨，果真在山徑上，就難得看見一兩個踽踽而行的人影。夏天的黃昏便不同；我在花圃裡拔掉一些剛剛萌芽的野草，遠遠的彎路上卻走下兩個結伴的農婦，她們的肩頭各挑著沉重的柴薪，衣服的顏色多半是深灰色，枯乾的樹枝也是灰褐色，在她們滿布風霜的臉上，那刺青顯得特別堅勒，碎石子的山路高低不平，當她們的腳步慢慢遠去，我忽然感覺一種偉大的母性，如山岩永遠恆存的母性！

假使下雨，那就只能看那冷冷的雨，落在冷冷的土地上。

冬天，油桐樹的葉子總是落得光光的，一眼望過去，全是裸露的樹幹，偶而看到一些綠色的影蹤，卻是闖到桐樹林的客人——樟樹和橘樹。

有一個生長在北國的朋友說：「我終於嗅到冬天的氣息了。」

但是山上的冬天只有雨，沒有雪。

我先是站在大門口看雨，不管是飄雨花、粒仔雨，或是勃然大怒的雨，鬼鬼祟祟的雨；我都以迎接的心情款待。沒有樹葉，一切的雨客，都像是坐著轎子來的；雨聲來得非常的斯文，然後他們入座於草叢的廳堂，開始了久別的談話。

等雨下的光景，我便戴起一頂斗笠，要到屋側去探望一下山澗；山澗的水多了，會有小小的魚蝦，山村的孩子們就會聞訊而來，下雨的日子，嘩嘩的澗水彷彿是跳躍的童心，站在澗旁，很容易跌落入童年的夢裡。

爬樹也難

三十多歲的傑說：他好久沒有爬樹了，他爬樹的本領熟練得像一隻猴子。

那時候，他七歲的男孩，傾注著滿眼的尊敬，仰視著高大的父親。

我說：「爲什麼不試試呢？」

於是興致勃勃的父子倆隨同我來到山上。

滿山是高高矮矮的樹，胖胖瘦瘦的樹，挑了很久，終於挑到一棵俊秀的柿子樹，也許傑要爬到靠頂的地方，採幾個紅豔熟透的柿子給孩子吃，他打量著樹，躍躍欲試的搓著手，我要他小心，不要爬得太高。

傑開始的時候，爬得很好，上了臂枝，他還向下俯視說：「眞像回到童年呢！」

再爬，樹身不勝負荷，便晃動起來。

傑縮回了上移的腳說：「是風嗎？」

「不是，」我提醒他：「是你的身子。」

他勉強的往上換了一個落腳處，再矮著身子喘息著。

他的孩子手指著樹頂嚷著：「爸爸，我要那個最大的柿子。」

傑站直身體，手也伸直，仍搆不到柿子。

傑的雙腳又艱困而吃力的上移，樹身晃動得更猛。我看他的雙腿抖得很厲害，喊叫他留神，但是他仍舊爬上去了。

採下來的柿子已經破了，傑的面色發白，掌心也刺了兩個小洞，流出鮮血。

他用手帕擦著額頭上的汗，悻悻的說：「我不知道採柿子這麼難！」

我說：「因爲我們不是小孩子了。」

與山面對

漢音夫婦帶著小男孩是坐小火車來的。

他們出了站沒有趕路上山，都讓小男孩把木屋、木柵、候車室木椅看個飽，他認爲再過些時日，這些舊有的建築，都會從地平線上消失，再要看，也許只能由畫頁上看了。

接著，他又關心的問起山上的鳥族和蝴蝶。

我說：「從早到晚都可以看到飛翔的鳥族，可是在春天才有蝴蝶的宴會。」

「那麼我們就來爬山和看鳥。」

漢音的小男孩看到空曠的廣場、雄偉的山突然怔住了；他手腳無措地好像被牆擋住。

小男孩的母親說：「走啊！走啊！」

小男孩怯怯的拉住了母親的衣裙：「媽媽。」

「我知道了。」漢音說：「我們一直住在公寓的四樓，孩子被關在屋子裡面，恐伯對廣大的空間不能適應吧！」

不久，小男孩便慢慢的在廣場上來回喊叫奔跑了。

那時候，著急關懷的媽媽總在身後說：「不要跑太快呀！會跌倒的。」

回顧山林

舞

我喜歡打赤膊在山中午睡。

一覺醒來，我發現赤裸的胸膛上，居然停著兩隻小小燦爛的黃蝶，牠們隨著我的心跳在起伏。

我要起身嗎？

我要停止呼吸嗎？

我怔怔地凝視著牠們。

有一隻在我的胸肌上滑行舞步，另一隻微微的揚起翅膀；沒有序曲，他們開始要演出了嗎？

夏夜的山林，我愛坐在台階上看滿天的繁星，它們潔淨又明亮，很遙遠，使我的記憶回到童年，常天眞的想：如果把星星採滿一籃，什麼玩具都不需要了。

奢侈

詩人問我說：「你爲什麼躲到山中去？一定有酒和美女？」

我說：「不爲什麼，你一來便知。」

詩人果眞感性的跋涉而來。

走過厚厚油桐花的地毯；他展開雙臂：「這太奢侈了！」

但我淡淡的說：「我沒花錢啊！」

「拿酒來，我要醉！」他揮手，又蹲下捧白白的油桐花。

我早爲他準備了很多酒，多少年來的友誼，也深瞭解彼此；他的年齡比我大，我一直在內心感謝他的照顧。

我們坐在山澗旁的巨石上飲酒，山溪的水緩緩的在石與石之間穿梭向下，也許——我們飲的是時間。

無語

我愛山林快要成痴了，和人談話，總是眉飛色舞的談到山，下筆成文也是蒼翠色彩；我從山中來。

朋友坦率的建議：「既然如此，你何不在山上建一個墓？這樣可以長相守。」

我？一堆白骨，還要占那麼大的山看風景！我？何德何能！

採果實

與山林為伍有二十多年的時間，然後就突然地分手了，朋友們都很訝異，他們居然問：你有沒有流淚？你為什麼那樣薄情？

二十多年在生命當中，也是一段很長的歲月呀！我放下了筆，拿起了鋤頭、鐮刀，一大早就到山林工作，當揮汗如雨的時候，乾脆脫掉上衣，打起赤膊，微風輕輕吹過，讓肌膚也分享到自然的樂趣。

在山林中是不會寂寞的，因為有很多很多的生物都聚居在這裡，尤其是綠色的樹和草擠滿了整座山，使得人的行走都成了問題，我不得不拿起了砍刀展開了開闢。

原來的主人留下了一些果樹。

他依依不捨地說：「你不用下山買水果了，它們都很甜。」

我當然十分珍惜；一旦水果成熟，他曾和我拿著籃子去採收，在樹葉編織碎碎的陽光下，我們抬頭瞇眼，要尋覓最香甜的果子，所以有時候鼻尖碰到蜘蛛網，有時候臉面沾到晶瑩的露珠，一眼看到自己滿意的，立刻興奮得叫起來。

朋友們帶著孩子來山中採果，歡笑更沸騰了。

有的豎起腳尖，有的爬上樹，有的跳呀跳，有的要爸爸、媽媽抱，他們共同要找甜美的果實。

那種天倫的畫面，可能是一家人永遠的回憶。

友伴

一個人在山中工作的時候，就會遇到很多的鳥，初初，他們會驚恐，迅速撲翅飛遁，然後呢？牠們飛回來看看；研究這個會動的「東西」，是否會傷害自己？

不！不！牠們安心地停下來，各自在自己的領域內活動，偶爾也友善地互望一眼，只是無法用言語交談，我如此接近了很多鳥類朋友，也不感孤獨了。

一個年輕的學生來作客，他好奇地去研究竹子、竹筍，不料他聽到竹雞在草叢中尖銳的叫聲。

我說：「竹雞跑得快，急了，也會飛。」

他搖搖頭：「我是賽跑冠軍，我就不相信牠有多厲害！我要抓一隻。」

我擦汗休息，聽到他在竹林中和竹雞捉迷藏的聲音，那是一種童心的呈現，在城市無法脫下外在厚重的禮飾，我笑起來。

一小時過去，我喝了水，又半小時，年輕人終於一跛一跛地走出竹林。

「怎麼了？」

他苦笑：「我摔了腿，真是偷雞不著蝕把米！」

原來山中小小的竹雞，也可以打敗勇健的選手！

後來，雪卻養了雞；她親手起造雞舍，外面活動的空間用網圍住，又鋪上細砂，小雞慢慢長大，只要她一進雞舍，牠們便興奮地跟前跟後。

有一天，她飛奔的拿了兩個蛋來給我看。

第四課　國語

知交的帖

為了加深我的印象，他拉起手背薄薄的，一層似乎快要風乾的皮；再要縮回去的時候，就像書頁回到盡頭，一片寂然。

那時候我心底湧起殘燭掩卷的淒涼。

朋友們

異鄉人

朋友們距離本來是近的，可是歲月過去，很多少年時的朋友們遠了。

從美國回來的電腦工程師先是住在台北朋友家裡，後來他打個電話給老牛，我們才曉得多年斷了音訊的RC回國了。

在朋友裡面，我們對RC的印象都很深，那時候大家生活都過得很艱困的時候，RC不但服裝穿得齊整，而且還穿一雙擦得發亮的皮鞋。朋友們聚會，都喜歡湧到他家去，因爲他的母親會招待我們每人一大杯脫脂牛奶。他家的屋子不小，但是有時候突然堆了一大堆美國舊西裝或舊皮鞋什麼的，便發散出一種洋人體臭和樟腦的混合味，我們都很羨慕，後來才知道是教會交給他們家處理的。

他媽媽泡的牛奶太好喝了，我們也差點心動想信教呢！

RC全家何時遷去美國的，我們都不知道。

我們只記得常去他家的喬牧師，冷冷的冰霜面孔，發紅又冒汗的鼻子；他有一位戴金絲眼鏡的太太，穿一雙乾淨又潔白的襪子，那個時代，我們也想得到一雙又白又柔軟的襪子，可是大家都沒有RC那種好運氣。

我的父親對我說：「你將來一定要把英文學好。」

對於RC的歸來，朋友們都很好奇，負責接待工作的何老大特地爲他在飯店安排了住處。

他來到餐會的場所時，先送我們每人一瓶香水，然後用結結巴巴的英文說明他的感謝。

一向嘴快的老扁碰碰我的手肘說：「這種香水，我女兒去逛飾品店的時候也買過一瓶。」

我裝作沒聽見，一心想鑽過RC所說的英文裡面探索點東西；然而我的英文太差了，完全不能和RC溝通。在席上能夠和他答腔的只是做英文老師的翳子而已，所以其他的人只是猛烈而開懷的喝酒，甚至把RC很高的年薪都忘了，也許現在的RC，已不再是我們的憧憬了。

我們和RC握別的，他說：

「大家來美國的話，一定要來找我。」

「好……」有人醉得迷糊地應著，聲音在夜風中飄。

首長

在年輕時候就顯得持重而穩健的便是「首長」了。

不記得哪一年的餐會，朋友們都還沒有發跡，在酒醉飯飽之後，大家湊不出付款的數目，弄得每個人面面相覷，這時候首長卻不慌不忙地說：「讓我來吧！」

當我們紛紛走出店屋的時候，首長卻走到櫃檯和老闆交涉，談不到幾句話，他就愉快地走出來。

「本領不小啊！」

首長微笑地說：「我把手錶給了他。」

首長最先擔任過里幹事，後來又參加選舉；也許由於他的誠懇、熱忱，所以在仕途上頗爲一帆風順。有次我們到他的辦公室去拜訪，看到老朋友來了，他親自爲我們搬椅子、端茶，然後又談起過去美麗的女孩子如今已做祖母了；但是說話悅耳的聲調仍沒變呢。

因此我們的矜持消失了。

也覺得首長不是坐在官老爺的轎子裡。

本來很嚴肅的辦公室，也因爲發散首長友誼的芳香，使得大家感覺一片溫馨，所以我們有好多時間是在回味年輕時候發窘或者豪情的蛛絲馬跡，儘管室中的某個人挺出了肚子，或者某個人的耳朵大了；在一陣開懷的笑聲以後，眼前彷彿又恢復了往昔的景象。

辦公室坐久了，首長建議我們去參觀辦公大廈，長廊上只有我們的足音，大家東張西望都覺得自己份量重了。

企業家

對於鴨仔成爲企業家，朋友們都感到不可思議。

然而世上一向有許多不可思議的事。

有一年，我們坐了貨車到鴨仔養鴨的溪邊去釣魚，五、六個人釣到黃昏，只釣到十幾條拇指大的魚，每個人都火冒三丈，小江說，這幾條瘦魚只夠他家的貓咪打打牙祭罷了。但是老羅說，他打算把這幾條有歷史價值的魚浸在酒精瓶中的，然後可以給後代子孫瞻仰。由於眾家學說不同，最後那幾條可憐的小魚卻被太陽曬乾了。

想起鴨仔說溪中如何魚多，溪岸的風光如何醉人？朋友們都有受騙的感覺，有人要立即打道回府，但是老羅堅持不走，並且一口氣衝到貨車邊，把一箱黃酒扛到鴨寮旁的木屋，下令鴨仔去鴨群中找三隻該死的肥鴨來領罪。

鴨仔雖然已經養了幾百隻鴨子，然後遇到我們這群酒肉朋友，一口氣要宰掉三隻，他還是面有難色的。

這時候老羅卻緊急進迫，他吼起來說：「鴨仔，你要是不快捉鴨子，那麼我和小江一人捉三隻來殺。」

情勢不妙，鴨仔趕緊摸黑跳進圍鴨的矮竹籬，我們聽到受驚的鴨子足蹼在河灘上的奔逃聲，又聽到鴨仔在撫慰牠們不要驚慌的聲音，大家都笑得前仰後合。

當鴨子煮熟上桌，眼鏡夾起一塊，端詳半天才發言：「是不是生病的？」

鴨仔苦笑著搖頭。

「是不是年高德劭的？」

鴨仔紅臉：「我……我發誓……」

「鴨仔不是這種人。」我打圓場地說：「我們大家乾一杯，來祝鴨母王發財。」

其實鴨仔是朋友中脾氣最好的一個，不管別人怎樣開他的玩笑，他都能忍著不去計較，爲了追求成功，他還特地要我寫了張「忍」字，貼在他的鴨寮內，並視爲墨寶。

想起朋友養鴨，我們不免會多吃幾次烤鴨；十多年過去，我們沒再去釣魚，卻聽說鴨仔的鴨越養越多，遍布溪流，甚至我們喝的自來水中，也可能有鴨尿味。同時鴨仔除了小貨車外，又添了好幾輛大貨車，與聞這種消息，一方面與有榮焉，一方面卻自慚形穢。再幾年過去，又聽說鴨仔投資兩家工廠，而且成爲社團的領導人物，常常率團出國訪問，加強民間國民外交，朋友們知悉，莫不紛紛在口舌間傳揚。再見鴨仔，是他的新企業大飯店揭幕。

他用賓士車來接朋友們赴宴。

他穿了西裝打領結，那領結像是兩隻小鴨的屁股搖在他脖子下面，他拿名牌的洋酒給我們暢飲。

他一直是很慷慨的朋友。

他豪爽地說：「你們來住飯店，半價優待，不用登記姓名，第二天早餐我請。」稍停他好像記起什麼的說：「至於休息嘛？完全免費。」

不知道誰在桌下踢我莫名奇妙的一腳；我看看桌面上朋友們可愛的臉，幾乎每個人都有可能，啊！費猜疑。

衰老是個賊盜

朋友說：「衰老是個詭譎的賊盜，你要小心防範。」

我說：「你丟了什麼東西啊？」

「青春；我一生辛辛苦苦累積起來的青春，他完全把我盜偷光了。」

然後朋友叫我看看滿布風霜、起了皺紋的臉，又要我摸摸他失去光澤、枯瘠的手臂。爲了加深我的印象，他拉起手背薄薄的、一層似乎快要風乾的皮；再要縮回去的時候，就像書頁回到盡頭，一片寂然。

那時候我心底湧起殘燭掩卷的淒涼。

只記得以前和朋友談話的時候，他意氣昂揚，聲浪永遠像不竭的流泉，笑語如春風在林中穿梭；當一旦飲了酒後，他面頰泛起的紅潤，燃燒得要灼人，而許許多多的唐詩就由他的口中誦出，也把我們帶入一個久遠而縹緲的年代。

而現在呢？

朋友握著茶盞的手竟然在微微地顫抖，但那是一隻有力、熱情的手臂呀！在歡樂和痛苦的時刻，我們都曾經緊緊地握在一起，我不得不多看它一眼了；它似乎失去了應有的水分，縱橫的青色血管更明顯的浮現出來，一些蒼老的褐色斑點爬在手背上。

難怪今年夏天，他有好多次去游泳池，都呆呆的打量那些裸露的肉體如何在池內活躍？或者偶爾遇到一個新生的嬰兒坐在推車上，也令他佇足而陷入往昔的回憶。

朋友說：「衰老是個無孔不入的賊盜，你要小心防範。」

我說：「難道你又失竊了嗎？」

「唉！」朋友沮喪地說：「這一次他偷了我的黑色珠寶，而且神不知鬼不覺地由我身邊偷走。」

我儘量安慰朋友不要傷心過度，因爲世上有價的東西總可以買回來，但朋友臉面的悲愁都越來越濃，彷彿雕刻刀刻出的輪廓，根本非我笨拙的言辭所能安撫。

說到激動的光景，朋友便把他的腦袋橫到我面前來，一陣髮油的氣味像菜肴的熱氣往上冒，這唐突而無趣的腦袋實在破壞了我的胃口。頭髮已經稀稀落落了，另外一些油膩的頭皮屑依附在髮絲上，近髮根的地方，都出現一片灰白。

「發現了什麼？」

我溫和的扶正朋友讓我鑑賞的腦袋：「很好。」

「我不喜歡它了。」朋友疲倦地說。

是的，朋友的遭遇還有堪使我們同情的地方，他服務的公司決定資遣他，因爲公司需要更多能衝刺的新血加入。他的存在都會延緩了整體的腳步。在朋友失去職業以後，他依然毫不氣餒的一家家去求職，但是很多老闆都爲他斑白的頭髮說抱歉，他們說他適合在家中含飴弄孫。

我說：「白髮使人尊敬。」

「不。」朋友抗議道：「那要看長在誰的頭上。」

朋友從此開始染髮，他不要別人看出他被偷的窘迫。

朋友說：「衰老是個沒有人性的賊盜，你要小心防範。」

我說：「聽說他落網了。」

「沒有這回事。」朋友憔悴的說：「我僅有的愛和慾都被偷走。」

傾訴經過的時候，朋友的語聲哽咽，有秋雨的黏稠。

我只能遞上一支菸，請他搶救一下決堤的情感。在友輩中，朋友一向是個富於情感的人。世上有許多不容易發生的事情，往往會發生在他身上；他寫一手好字，又畫一手好畫，他常常贈字、贈畫，而且隱隱約約的透露：若干年後，他的字畫將價值非凡，所以受贈的人必須妥善珍藏。但他從未贈我字畫，因爲要我在他死後整理他所有的菁粹。

我覺得他在人生旅途上不是一個倉促的旅人。

他的健康必然和他的字畫綿延流長。

只是那個賊盜太殘忍了，在朋友喪妻以後，卻拆散了朋友和新娶嬌妻之間的情愛。這是他萬萬不敢置信的事，他認爲崇高、尊貴的愛情永不計較年齡、金錢與地位，爲了適應嬌妻的品味，他穿起那種灰黑軟癱癱像煮過的衣服，穿起淺色狹瘦的休閒鞋，甚至在沒有陽光的日子裡，都掛起強調風格的墨鏡。

我們都很欽佩他跟時間拔河的勇氣。

然而他的嬌妻出人意外的跟一個汽車推銷員走了，也許是因爲推銷員年輕，也許是因爲他有一輛中古好車。

朋友說：「衰老是個不留餘地的賊盜，你要小心防範。」

我說：「你還有多少財物！」

「即使鎖得牢牢的記憶也被他偷了。」朋友無奈的攤開一雙手：「他席捲了一切，我已身無長物。」

「記得我們年輕的時候嗎？什麼都沒有，一點都不伯。」

「我也是？」

「你是；你曾經爲一個女孩子足足寫了兩年的信，有七百多封。」

「結果呢？」

「沒有結果。」

「我眞的忘了。」朋友痛苦得用手掩住臉。

以後我再不容易找到朋友的蹤影。

有人說他在公園裡曬太陽、喝茶、絮聒，看賣弄風情的女人。

有人說他躲在屋子裡看錄影帶。

也有人說他永無休止的在坐車。

我一直很留心的在尋找朋友，感激他的忠告，使我珍惜生命中的一切。

但是有一天在路上遇見踽踽獨行的他，我急步追上去，他的語氣卻淡淡的，好像很陌生。

石

朋友在談話時候，都有意無意的加添了手勢。

後來我才明白他肥短、渾圓的手指上多了兩個寶石戒指。其實大部分男人的手指都不怎麼好看的；有的是因爲勞動變得粗糙，有的是因爲缺少活動變得枯瘠，我只看到一位鋼琴家擁有修長、纖細的手指，一位舞蹈家擁有靈巧會說話的手指。

我的朋友雖然戴了熠熠生光的戒指，卻更使他的手指受到委屈。

我說：「這麼美，你一定花了不少錢。」

他把戒指送到我眼前：「猜猜看，究竟多少。」

「上萬。」爲了尊敬生活上習慣用名牌的朋友，我只能胡亂的如此猜了。

朋友沒有生氣，再掏出一塊鵝黃絨布把戒指擦亮：「在家裡，我還有比這個更好的寶石，它們都是我由山溪中撿來的。」

因此我參觀了朋友所搜集的大大小小石頭。

有的玲瓏、有的樸拙、有的晶瑩、有的厚重；放置在朋友豪華矮壁櫥上的石頭，像突然都產生了生命；當朋友拿在手上，要我仔細觀賞它們的時候，還告訴我有的來自偏僻的山中，有的來自河海交會處，而每一塊石頭似乎都跋涉過了時間和空間的旅程。

「我要跟你去撿石頭。」

一向沉默的朋友，有點驚訝的審視我，他在思索我的說話是不是空泛的應對。

「明天我就要出發。」他說：「你要準備一雙好鞋子。」

除了鞋子外，我依言準備了吃食和飲水，坐在朋友的車中，我的心情有尋寶的興奮。

「尋石要靠眼力和運氣，有時候一條很多人走過的溪，別人都沒有發現什麼，但是當你走過去，一瞬間，那塊石頭都突然像跳出來似的迎接你；那就是石緣。」

車子停在河岸上，我們要溯溪上行。

有一排白色的蘆花在風中搖曳。

成群的鵝卵石沿著河床下來，不知經過多少歲月呀；他們慢慢的圓、慢慢的親近、慢慢的走。

朋友已經走開了，一定是石頭在他耳畔呼喚。

他時而彎腰，時而前行，河床壯闊而空蕩，但河水卻顯得污濁，淺灘的地方也有一些小魚在嬉戲。

我專注的學著朋友，也要尋覓一些有緣的石頭作友伴，腳底一高一低，行行復行行；那些陌生的石頭好像已不再那麼冷漠，有時候欣喜的看到一塊中意的，拿起來細細研究，又只好因爲它的平庸而放棄；所以世上的佼佼，往往是由於它的特異。

所有的石頭也在等待慧眼吧！

沒有喧囂，沒有車輛和行人，偶爾闖來一隻黑羽的烏秋啼叫幾聲，又匆匆的趕路，兩岸不是蒼翠的林木，就是高聳的山岩，我流了一身汗水，都進入一個靜寂的世界。

那裝石的背袋也越來越重了。

石頭寨的寨主

世上有許許多多的石頭，走路的時候也可能踢到一塊；而我說石頭是沒有感情的。

但是朋友都說頑石也可以點頭。

後來朋友把他的藏石住宅正名爲「石頭寨」，房子裡裡外外都堆了不少石頭，彷彿舉行一個盛大宴會，擁擠了不少客人似的；而他老兄也以寨主自居。

我去找朋友喝茶談石頭經。

朋友對鼠盜的橫行憂心忡忡；深怕他跋涉崇山峻嶺收集來的稀世藏石會被偷走，我說現在的小偷還沒有風雅到偷石頭的程度，只是怕不懂事的小孩子拿去當玩具玩。

對於一屋的石頭，我並不需要打招呼，卻需要走路的時候提高警覺，如果我走得過分匆忙，它們都會在我的腿膚上留下一些青色的言語。所以每當我走進朋友的房子，我必須收斂起快速的步履。要表現出一種緩慢而曳長的節奏。

我可以長長地喘一口氣。

有時候看著朋友聚精會神的洗石頭、刷石頭，而且一副毫不厭倦的模樣，我就會伸長腿，頭向後仰，放鬆的在舊藤椅上沉沉的睡一覺。醒過來，朋友仍舊在洗石頭，我拿起桌上的石頭檢視。

「那是魚化石。」朋友說：「你喝酒的時候可以欣賞它。」

我放到鼻子底下，它冷冷硬硬的，完全沒有腥味。

我想到曾經去排隊看木乃伊，人們爭先恐後充滿好奇、臆測；而木乃伊卻是肅穆、平和地接受瞻仰。

一屋子的石頭都靜悄悄，是不是木乃伊？

我不知道朋友如何去面對那麼多的沉默？

「最近日子過得如何？」

「有人問我石頭價錢好不好？」

「你發脾氣了？」

「沒有。」朋友說：「她是個女的。」

「原來你在戀愛；」我說：「怪不得屋子裡的所有石頭都像要說話。」

「她是個溫柔的女人。」

然而，石頭是永遠不會溫柔的，更沒有心跳。

「我要用全部生命去愛她，甚至可以拋棄我的石頭。」

朋友對愛傾注的熱忱使我非常尊敬，不久「石頭居」就常常以一把鎖來拒納訪客了。

我當然不會怪朋友的無禮；多少年來，「石頭居」曾經是光棍們聚會、吹牛的樂園，而居亭主人始終是沉默寡言地接納各路英雄好漢，並且毫無怨言的提供茶水、麵包，或者外叫的擔仔麵等等。此外最重要的，則是居亭主人長久的成爲各家感情故事的一名聽眾，在聽多了那些旖旎的故事以後，他也忍不住憧憬的說：「愛情是多麼美妙呀！但何時才能落在我的頭上呢？」

看到朋友如此殷勤而忠誠的對待每一塊石頭，都遲遲未見一位女士的青睞，在我的心頭也積聚一片陰雲了。

如今聽到喜訊突然從天而降，自是心中爲他高興。

倘若「石頭居」眞的多了一位女主人；至少蟠踞一屋子的凌亂石頭，也得遵守一點秩序，我的雙腿也可減少傷痕。

在這段期間，我都無緣目睹佳人，以及朋友由於愛情滋潤煥發的神采、只是另外的朋友告知：石頭居的寨主經常陪女孩子遠行；因爲那位年紀輕輕的小姐酷愛遊山玩水，要是寨主面有難色，她就會大發嬌嗔，於是寨主只得唯唯諾諾了。

本來期待有一天，「石頭寨」張燈結綵，寨主大宴賓客，可是左等右等都無音訊，我去探詢住在附近的雜貨店老闆；才曉得寨主已和佳人悄然成婚，並且喬遷他處，少了一個喝茶、談天、罵人之處，心中難免悵悵。

幸好新結識了幾位釣友，他們很熱心，每次發現什麼好釣場，都邀我結伴而行。

我的垂釣技術一向拙劣；但我嗜魚卻不管其味土腥，懂得釣魚樂的人，也懂得把其作品供人欣賞和品味，我出自肺腑的喝采與讚美。也因此受到大家的歡迎。

有一天正釣得如老僧入定，有一位釣友卻淡淡的說寨主又同到了故居。我的釣竿一震，上鉤的魚兒便逃過一劫。

「此話當眞？」

「不信去看看。」

「寨主的婚變似乎來得太快。」

「主要是年齡上的差距。」釣友點起一支菸：「據說回娘家的時候，都是一前一後的走，女孩子很怕他的白頭髮。」

「染髮劑多的是。」

「不那麼簡單，那女孩子一動起怒來便罵他是石頭。」

「難道長期和頑石相處，受影響的是寨主嗎？」我默默的思索，只覺得那些大大小小的石頭，有的粗樸，有的精巧；有的玲瓏，有的厚實；追溯石頭的旅程，也像在翻閱光陰的故事，研究石頭有時候也是有趣的事。

那一日的垂釣，我只釣了小魚三尾。

我帶了堪憐的小魚去拜訪寨主；久未謀面的寨主看到我淒然一笑，然後準備了三兩滷菜，幾瓶老酒，小魚也殉身作了湯，兩人便對飲起來。

悶酒多杯，我說：「吾兄的愛情發展究竟如何？」

「一言難盡。」寨主苦笑說：「石頭無心恆久，人有心易變。」

「這倒要請道其詳了。」

「當然和那位小姐相處一段時日，也是有緣。我還記得是在一位朋友家裡看到她，那一天她始終沉默寡言，臉上也沒有笑容，但是，老友，你知道我有在山溪中撿石頭的經驗吧！眼前像突然一亮，我終於發現一塊玉了。」

「是石頭。」

「是玉。」朋友堅持的說：「玉的麻煩就在容易碎。」

「那愛情就要更小心的呵護。」

「她跟我好的時候已經懷孕，我說我不介意，並且要善待孩子。那時她對我也很溫柔，但是當孩子生下來以後，一切都改變了，她不斷地發脾氣，毅然帶著孩子走開。」

「等著吧，」我說：「我們都有石頭的忍耐和沉默。」

拜拜的風吹過

在寒冷的冬天，我不免想到飲酒，想到飲酒，又不免想到拜拜。

而今年拜拜的邀請似乎來得遲了些；難道我的朋友都忘記我了嗎？

好多好多年前，我的老師總喜歡帶我到同學家吃拜拜，老師的性情豪爽、酒量好，當老師在酩酊之後，便會唱一齣徐策跑城，也許唱得太忘我了，回去腳步踉蹌的時候，我便得去扶他一把。

老師教誨的說：「飲酒對身體有害。」

我唯唯諾諾的應道：「是。」

後來我的年紀慢慢長大了，在席上大家飲酒飲得興高采烈的時候，我仍是規規矩矩有如木雞的喝汽水。

老師打量了我下巴一眼：「怎麼長鬍子了？小伙子，可以喝點酒了。」

所以在我以後倒楣的日子裡，只要一想起拜拜，便覺得這世界上有許多神明是多麼好呀！

我有一個朋友住在偏僻的鄉下，他來信邀我去他家吃拜拜，我先坐客運車去，又走了三十分鐘路，沒到他家，我就看到他站在竹林那頭揮手，然後一隻黃狗好像迎賓而歡欣地吠叫。

吃拜拜的時侯，和他的家人一起，只有我一個客人，卻有一圓桌的菜；一盤雞、一盤鴨、一盤鵝，像疊羅漢那樣堆著，都是自己家裡飼養的，我飲著一杯杯的紅露酒，也飲著一杯杯溫馨的情意。

那個夜晚我沒有回去，午夜醒來的時候，我聽到豬圈豬隻的酣叫和走動；我忽然羨慕起朋友的幸福來了。

有一年，我曾經騎了三個小時的自行車去吃拜拜，再騎回來的時候，已經是第二天。

雪問：「都消化了？」

「我感覺肚子又餓起來。」我說。

好客的村落裡，朋友曾經帶我一路吃過去，因爲他是老校長。他挺著鼓鼓的肚子說：「這村子子的年輕人，都是我的學生，見了面，我還可以叫出他們的名字。」老校長噴出濃濃的酒氣：「你看我醉不醉？」

「不醉，不醉。」

「我最喜歡拜拜，它好像有點嘉年華會的味道是不是？」老校長一路打招呼：「而且去外地工作的人都回家了；一家人又可以增加一次團聚的機會。」

在菜肴已經吃得脹肚子，酒已經喝得身子搖搖晃晃，再一家一家的和人乾杯；其實對方的臉孔要記也記不清了，但是一路上都可以遇到一些滿臉通紅的醉漢，甚至不勝酒力地在路邊嘔吐。

鄉村的拜拜大部份都有豬公比賽，偶而也有大雞比賽。好勝心強的人，爲了得勝，眞是對豬公侍候得無微不至，不但喝牛奶，還吃雞蛋和西瓜，另外豬舍還設置電風扇和紗窗；等到比賽揭曉，豬公便被宰了，放在高高的木架上，身上披了綵帶，耳朵插了綵花，牠一身肥敦敦的肉也顯示著牠的驕傲與光彩。

難怪世上的人都不願做豬八戒。

有一年吃完拜拜同去，熱忱的主人切了一大塊豬肉讓我帶回家，結果炸了一大鍋油，足足吃了兩個月。

拜拜的時候，往往也有演戲綠葉的陪襯。

最早多半演布袋戲，班子一來，先在廟宇的廣場前面搭個簡陋的檯子，老師父率領他的小徒弟把播音喇叭掛到榕樹上，整個下午，流行歌播得四野雞飛狗跳，連榕樹葉子也失魂的落下來，然後晚上老弱婦孺便紛紛湧來看戲。

錢出得多，也能請個歌仔戲班來表演。

活生生的人，當然要比木偶好看，有趣得多了。

歌仔戲演員化妝，臉上塗得紅紅白白的，就有很多人圍著看了。

有的梳了高髻、穿著錦緞衣服的員外千金，說不定正在抽長壽香菸。而有的沙場小將軍，在前台一陣干戈之後，說不定利用喘息解開戰袍正在餵奶。

平常人是不能適應這種戲劇人生的。

而鄉村的孩子，也會帶著這一份記憶長大。

大概從下午開始，早到的機車客便會由四鄉八鎮呼嘯而來，辛勞的警察總在十字路上維持交通秩序，返鄉的婦人身後跟著孩子，手上抱著孩子，許許多多擁擠的人，也像一群蹣跚要過馬路的鴨子。

當酒醉歸去的時候，有些騎機車的年輕朋友，都認爲自己是一陣風。於是每年都有一些流血的慘劇發生，拜拜與斷肢、死亡連接在一起；那恐怕不是菩薩的旨意。

不知那一年開始，有個聰明人提議說：「菩薩年年看布袋戲、歌仔戲也看膩了，不如來點什麼唱歌跳舞。」

有很多人拍手，吹口哨贊成。

有位老太太嘆息的說：「眞是夭壽啊！」

有幾年，我不但吃拜拜，也看到一些妖嬈穿得很少的女子在台上跳舞。看的人很多，男男女女都有，有時黑壓壓的人頭，好像要把黑暗塡滿。

我一直難忘在稻田裡吃拜拜；冷得不停的頓足，然後再帶一腳的軟泥回去。

如今吃拜拜，是所有至親好友的汽車都回鄉了；也有如正舉辦一個新舊汽車展示會，村子的道路都被堵塞得不能吞嚥。

據說在杯盤狼藉的背後，有一些人家爲了辦拜拜的酒席負了債；這樣的慷慨待客似乎過分了。

今年拜拜我沒有接到阿棟的帖子。

我心裡納悶；卻不好意思探詢，後來我到阿柄家，幾杯老酒下肚後，便說出了心中的疑惑。

「你完全不知道阿棟家的變故？」

我搖搖頭。

「先是他的女兒不告而別要出外去當歌星。」阿柄乾了一杯酒：「然後又是他的老婆嫌生活苦，一個人要跑到大城市裡去工作。」

我默不出聲，當城市的虛榮和浮華隨回車輪來到鄉村，而鄉村只是一個缺乏抵抗力的嬰兒吧！

「吃完拜拜不要馬上走。」阿柄對我眨眨眼：「這一次村裡請了好多台電子琴花車，跳舞的女孩子都是一級棒！」

是的，我該再多飲幾杯酒。

多向道

年輕

年輕朋友不斷的換工作，我問他爲什麼？他說要去不同的生活領域去冒險、探索。

我清楚有些工作是賺不了什麼錢的；好像在咖啡店裡端咖啡是賺不了什麼錢的，或者爲花店送花，在大太陽下甚至會汗流浹背，被烤成一隻等待切割的乳豬。

但年輕朋友說：你完全不知道每一杯冒著熱氣的咖啡是多麼香鮮！芬芳的花葉在豔陽下掙扎它的美麗是多麼哀淒！而我就擁抱它們。

他很多日子臉上都堆著微笑，我打心底深處忌妒了。在以後的日子，我決心要忘掉自己的年老，用他們年輕的心，年輕的目光來看看生活。

慢

老人和慢是伴侶。

他要慢慢的走路，慢慢的吃東西，慢慢的說話，慢慢的上廁所。

子孫們怕他跌倒，要他一切慢慢的。

有一天走在大馬路上，人車很多，很多人都用特殊的眼神看他。

老人忘記了自己昀老，加快腳步想飛奔，卻一跤摔在地上爬不起來；很痛，很難爲情。

他心想：爲何我不能快呢？

他走到人行道上，走到一家商店的大玻璃窗前，他想起鏡子；鏡子中的白髮，張開嘴的缺牙……

規畫

我的朋友有一點自豪：我是一個十分理性，擅長規畫人生的人。他對我誠懇的告白。

而我全在他典雅的室內，手執精緻名貴陶杯，品味香氣沁入鼻腔的好茶，世間的混濁頓時消失了不少，腦中是一片淨明。

「我買了一幢樓房。」他說：「樓高四層：一樓作爲客廳，家族人員增加，可以作爲團聚，共享天倫場所，二樓我和內人住，三樓兒子、媳婦住、四樓女兒、女婿住，有什麼事都可以互相照顧。」

我喝下一口茶：「太好了，設想周到。」

於是他帶領我參觀不同風格各樓層的房，有電梯上下也不用走路，設計師的巧心處處可見，想起我自己居處的房屋，倒是一份平常心；因爲有一位朋友曾經讚美我說：看起來你像是一個隨遇而安的人。

過了三年吧，用心經營家庭的朋友往生了。

他的家開始了風風雨雨，更出現了嚴重的不和，內鬥，誰都不讓誰，大家都爭著想做屋子的主人。

各樓層的人都氣破了肚子；因爲我有理，別人無理，你想想：有時不期還要共用一個電梯，眞是情何以堪？

我行過，想念朋友的茶、語。

我行過，不知朋友有無其他的規畫？

後來房子賣了，大家都快樂地分到錢。

我對朋友理性的人生規畫，不免存疑起來。

久違了

好久沒有去鄉村了，稻田、菜園的一片綠意在記憶中竟泳游起來，朋友阿財說：你跛腳了嗎？爲什麼不來呢？而且我們還有私釀的美酒呢！

我甚至遺忘了自己的年齡，騎了五十多分鐘的機車去，不知那些昂首走在田埂上的鵝是否依舊，黃狗在冬日的陽光下還在做日光浴吧！當時光流逝，一些變化，卻不是可想像的。

我再去熟悉的地方，它的路寬了，它的房屋建多了，而門口幾乎都停了汽車，而鄉村也彷彿由美容院走出來，使人驚異，也使人陌生。

阿財熱情的拍我肩膀，你有多久沒來了？

我感到一陣羞愧，因爲那是對泥土的一種背叛。

然後面對的是一桌久違的拜拜菜肴；疊得高高閃油光的閹雞，炸得酥脆的蔬菜，一條煎成金黃色的魚，一盤白色的墨魚……我舉起了酒杯，阿財也舉起了，我們談起往昔貧窮的日子，辛酸又帶少許驕傲熬過，哦！那眞是下酒的最好小菜。

當然，令我羨慕的，還是阿財的田園；他揮汗如雨拿著鋤頭鬆土，再彎腰種下希望的苗芽，接著澆水，施肥以累積的愛，呵護它成長，不受蟲害。他帶領我看它們，臉面堆滿欣慰的笑。

我貪婪的跟他要了空心菜、蘿蔔、白菜、番茄；其實夠了，人爲何對一切那麼貪心呢？

不甘

有一個病人躺在病床上，他不知道病是從何來的？而且自己的身體一向健康，又常常吃一些價格昂貴的補品，這應該使病魔無隙可乘了嗎？

突然晴天霹靂的病倒了，突然昏迷的上了手術台。

醒來，他按時吃藥，打針，不用忙碌，計較生活中的角逐，他開始有了更多的時間思考，難道往昔是雲煙，或者是一場夢，他看到親人隱藏悲傷的眼神，也感覺自己肉體的痛。

當朋友來探望他的時候，不料……

他說：「我一生辛苦，賺了那麼多錢卻沒有花，眞是……」他輕輕嘆氣。

朋友們都不知如何回答？他是養鴨起家的；自然的殺了很多鴨子，後來又收藏骨董；當然是爲了賺更多的錢，累積財富的速度很快，還沒有到六十歲，醫生卻說他的生命已近尾聲。

朋友們不解的走出病房，大家默默無語，其中一個在心裡想：他好像沒做過什麼利人的事。多可惜！

友之歌

文友

位在新竹，和文友集會、晤面的機會不多。平常疏懶成性，和文友書信來往也是很少。不過有幾位文友，卻是我尊敬而感念的；首先是王鼎鈞先生，當年，他主編《徵信新聞》（現《中國時報》副刊），給我自由揮灑很大的空間，他鼓勵我的作品是「選材與眾不同，小說常搔到別人沒發現的癢處」。有一次，我跟隱地去拜訪他；他盛請我們吃飯，那也是我生平第一次在台北的餐廳吃飯，餘味至今繚繞口齒。

認識隱地也是在年輕的時候，他帶我去見《文星雜誌》的蕭孟能先生，我年少輕狂，正有一個「電影夢」，一口氣說得口沫橫飛，蕭先生話很少，專心的吃飯。

當蕭先生答應準備一筆錢，讓我去拍電影，我也寫好辭職書，不料蕭先生卻因爲白色恐怖去了綠島。

隱地一心寫作，沒錢；我去他的租屋處、防空洞，或者是木板隔間屋，多半擁擠一屋子書，他給我的感覺是「愛書人」，我喜歡他小說裡人物的眞誠、壓抑、憂鬱。當然，他的書評也寫得十分用心、精闢，後來，他開了爾雅出版社，以他的慧眼出版了很多好書，他可以稱爲「文學的推手」。

我在爾雅出版的書有：《不要怕明天》、《人間種植》、《邵個極短篇》、《今夜伊在那裡》、《孩子的心》，並編了《八十七年短篇小說選》。我佩服他堅持熱愛文學理念，長久執筆不輟。有一次接待詩人瘂弦去一所女中演講，那是周會時間，大禮堂坐滿人；瘂弦的感性，抒情的聲調談詩作，很大的禮堂空間，一片靜寂，詩人把言語的張力發揮到極致，最後響起的是歷久不息的春雷掌聲。

我非常感謝瘂弦先生，鼓勵我去國外研究的機會，提供我國內工作的機會。由於我的自閉，都錯失了。

年歲比我小很多的文友，陳銘磻先生，和我都是在新竹讀書的人，他的報導文學寫得十分出色，後來又創辦了號角出版社，我獲金鼎獎的《無涯》，由他出版。他對新竹的尖石情有獨鍾，曾經那羅部落策劃了文學步道，在巨石上刻下了作家作品，可惜一場山洪，無情的摧毀了巨石。

但是銘磻仍舊再造了有蝴蝶飛舞的文學屋。

和吳晟老師見面多半是不期而遇，因爲文章同被選爲課文的關係，有些研習機構會邀請我們去講話，我感覺吳老師是一位用生命摯愛台灣鄉土的作家，而且是用眞情澆灌。

他去演講的時候，他的夫人擔任司機，又坐在車內等候，我非常欽羨。稍堪安慰的是，內人雪娥前一天開車載我去探路，第二天叫我自己開車去。

聽說吳老師最近種樹成林了，我眞盼望能有一天去樹下聆賞蟬叫。

球友

在師範學校念書的時候，我非常喜歡踢足球，有時借一個球，獨自在教室的邊牆練習；我一直夢想把自己練成一個球星，受到女同學注目。

有志者事竟成，當然我的球技進步了，而且在比賽中也能表現出色，不過，能榮任足球隊長，我仍舊要衷心感謝一位隊友。

他在班上是數學最好的，當我在衝鋒陷陣，他總能適時一腳傳到我面前，讓我有機會大腳射門，建功的便是我了。

多少年後，球友把酒言歡，我說出心中的謝意，他搖搖手說：「哪裡、哪裡，那是團隊精神吧！」

後來我們便一口氣乾了若干杯酒，彷彿又重回球場。

畢業之後在學校教書，瘋狂地愛上桌球，同好的有兩位，暑假三個人常常聚在科學教室苦練，校舍無人，又在樓上。先把樓下通道門鎖好，練得興起，三個人光著上身，只穿一條短褲，常練得昏天黑地，不知時間之長短。

我們覺得技術已不錯，就常出外比賽，認識的球友多了，生活的層面也因此拓廣，我更要感謝雪親自爲我做了一件特別醒目的球衣，讓我求勝的信念大增。

因爲生病的緣故，我認識了林醫師，林醫師說他看過我在報上寫的很多文章；有些故事會產生會心的微笑，他說我不像一個生病的人。

「我的胃不舒服。」我說：「不知是喝酒或是緊張？」

「其實多到戶外走動、運動才重要。」

接著，他滔滔不絕地介紹了打高爾夫球的很多好處，並且建議我立刻學習。

我面有難色：「打高爾夫是很貴的運動。」

「不要緊。」他拍拍我的肩膀：「我送你一套舊球具。」

走在柔軟的草地，視野是一片舒暢的綠，接觸的都是有頭有臉的人，無形中，好像我的身分也提升了，我的舉止和言語也優雅了。

我自然地參加他們的飲宴，也不能白吃白喝；硬著頭皮，節衣縮食，總得回報幾攤。

另外，球衣球鞋也不能太寒酸；但這一筆下來，以後的日子只好靠泡麵爲生。

想了想，我含淚退出高爾夫。

第五課　社會

世間的忙

「怪手」不停的在工地上揮舞；路面被推平坦，水圳中的汙泥被撈上岸。
隆隆的推土機不甘示弱的也活動起來；
在工地，往往使人感到血脈的流通，生命的活力。

拿粉筆的日子

我接到分發令要到學校報到的時候，父親把我找到他面前，又指導一番如何應對校長及同事的機宜。我只是似懂似懂的聽他解說人生哲理，又覺得自己的數學太差勁，如果學生問的答不出，恐怕難以下台。想著想著，心裡的憂愁就濃了。

那時候父親的教誨也告一段落，本來興致勃勃的，卻忽然嘆了一口氣。

我說：「怎麼了？爸。」

父親煩惱的說：「你渾身上上下下穿的都是舊的。」

我低頭看了鞋子一眼，那鞋子害羞地後退。

「是不是球鞋破了洞？」

我點點頭：「鞋後跟破，前面看不到。」

「做老師要有個老師樣子。」父親說：「等薪水拿到，先買雙皮鞋。」

經過父親的提醒，我反而對自己的破球鞋產生了莫大的自卑，我去學校報到以及後來上課的時候，都一直想深藏起自己的雙腳；甚至走在街頭，我也會不由自主注視身旁匆匆來往的鞋子。

所以對於校長的第一印象，不是他的臉，而是他的鞋子。

他穿了一雙很黑、很亮、很尖的皮鞋。

我居然想起荊軻刺秦王的匕首，它太尖了。

「請坐。」他說：「我看過你的成績單，有些科目很好，有些科目很……」

我避開校長的眼光。

「你是年輕人，我要重用你。」幹練的校長直截了當地說：「我要瞭解你的才能。」

我保持沉默，直冒冷汗，因爲想不出自己的才能。

「能不能教音樂？」

「我沒法彈琴。」

「那麼教早操。」

「口令喊不準。」

他的興奮和期待好像被澆了冷水，肥厚的手摺起了我的成績單。好可憐的成績單！

「訓練田徑隊。」

「我沒把握。」

他又翻開我的成績單：「體育分數很高。」

「那是參加足球隊、籃球隊加的分。」

「我們只有棒球隊。」校長無可奈何的說。

他的樣子使我傷心又同情。

我好像沒地方讓他安排了。

最後我只好結結巴巴的說：「校長，我……可以……慢慢的學。」

「在一個團體裡有禮貌，要合作。」

「是。」我恭敬的回答。

「要少說廢話，多工作。」

「是。」我答得很堅決。

「那麼你去擔任科任老師吧！」

我滿懷喜悅的走出校長室，也忘了自己的破鞋。

後來別的老師告訴我，一向節儉的校長，那天中午只吃了一半便當的飯，可見他的失望相當深。

至於做科任老師並不是一件光彩的事；有的是才不堪任，身體多病，有的是年邁固執，不爲家長歡迎；還有別具性格，與同事相處不易。因此科任陣營，也是十分特別的陣營，我覺得很有傭兵部隊的氣息。

所以我初初做小學教師的時候，是一無所長、所能。

但是校長欣賞我回答不會時的誠懇和俐落。

他認爲我口齒清晰，很適合擔任司儀，凡是校內大大小小的會，從唱國歌開始，到散會爲止，都由我來喊。這一喊，直喊到離開教職位才結束。

也由於擔任司儀的關係，校長肯定我膽子大，可以擔任教學觀摩會的教學者。想想自己沒有什麼其他本領，只好埋頭研究教學，努力扮演這個角色。後來有兩位督學，看我頗有傻勁，拉我進入所謂輔導團，到很多學校介紹新教學法。平常沒錢去遊覽的我，終算有了機會可到山區和鄉村去開拓視野。我覺得那對自己的寫作很有幫助，同時也多認識了一些教育界的朋友，一直到今天，他們都很關心我的作品。

我發現有許許多多教育界朋友，他們那種心無旁騖、致力教學、熱愛學生的摯忱，眞是令我尊敬。尤其有一部份老師重視品德和生活教育，教學任何一處小地方絕不疏忽，甚至積勞成疾，更博得家長和地方人士的讚美。

也有許多老師始終平凡的、默默的工作，從不標榜自己；但是當學生一天天成長，則將永念老師的恩澤。

有人說：做教師是一份只問耕耘不問收穫的工作。

然而所有的老師仍本著一個信念：要把學生教好，有時遭人誤解也不灰心。

若干年後，可能在路上遇到一個年輕人高喊一聲老師，那時連累彎的脊骨也挺直了。

在我的教學生涯中，我一直感到快樂幸福，孩子們的赤子之心影響了我，使我對生命善良的本質不再置疑；課餘的時間，我時時不忘閱讀和寫作，並且對生存的社會，隱現的殊異人性，作更一層的探索，也許教育的理念已經在心中深植，因此總是不願寫出醜陋卑劣的人性、燃燒的情慾。

那無數天眞無邪的眼睛彷彿都在注視我。

在他們的童年裡，我的話將是「眞理」。

我必須小心翼翼指引他們走出叢林，儘可能少出錯。

不久我結了婚，雪和我同在一校服務；她是個鍾情音樂的人，爲學校組織了樂隊；擔任了十五年的指揮，把所有心血都傾注在孩子們的音樂訓練上，終年她都是爲比賽和演奏而忙碌。然後有一天，我們都覺得自己精疲力盡了；應該走下講台，躲到一個僻靜的地方去休息。

我們果決的實行了。

但我們的家依然在學校附近，學校的鐘聲聽得清清楚楚，敲醒了我們的回憶，卻缺乏催趕的力量。

有時候廣播揚起進行曲的演奏，孩子們紛紛出來操場開早會，我們就如兔子豎耳聽著。

雪說：「那是我的音樂，還沒有老。」

公司及其梁柱

長輩介紹我到傳播公司任職的時候，頻頻叮嚀要我力求上進，他說主持公司的負責人是廣告界的奇葩；他的出現有如一顆明星光耀燦爛，而其他公司也就因此而顯得黯淡多了。

由於自己年輕，我決心要謹遵長輩的教誨；要多看、多聽、多想，少發謬論，戒掃少年的目中無人、狂妄之氣，然後希望能在公司內占有一席之地。

首度晉見我們總經理的時候，他正在飲咖啡，我站在碩大、光亮的桌子前面有點手腳無措。

咖啡的熱氣冉冉的上升，總經理的鼻子溫柔的滑過咖啡杯上空，接著再陶醉的呼吸著，頭部上揚。

他幾乎忘掉我了，我尷尬的想。

「有咖啡才有想像。」他把沖泡好的咖啡居然遞給我。

我爲他的舉動感到訝異。

長輩只說明了奇葩的才華和能力，卻沒有說明奇葩的領導各路英雄、女傑之道。

「味道好不好？」總經理把面前的文件中翻出一張表格：「我看過你的全部資料，興趣很廣泛。喜歡運動和游泳，不錯，會有衝刺力，本公司需要這樣的新血，哦！另外，愛好音樂，也不壞，客戶是來自各個不同層面，我們要能作多方面的適應。」

「報告總經理，我還學過畫。」

「把報告兩個字省了，我不是上士班長。」總經理唐突地說：「再談談你的毛病。」

「我很健康。」

「我是指——你會不會打牌？」

「不會。」

「抽菸？」

「不抽。」

「喝酒？」

「會。」我點頭：「從小跟父親學的。」

「表現了傳統孝順的美德。」總經理的說話不知是揶揄還是恭維：「我們公司也需要喝酒的人才。」他想了一想說：「你醉過嗎？」

「那時候我去洗手間。」

「很好，一個人的形象很重要。」他拿起原子筆在紙上寫了一些字：「本公司最重視的信條是『無中生有』。」

「很新鮮。」

「解釋一下。」

我掏出記事冊：「請總經理的筆暫借。」

他好奇的看我在記事冊上寫字。

「還沒有答案。」他提醒我。

「我原來沒有筆，現在有筆，那就是答案。」

「好。」總經理笑起來：「詮釋得很好，你去企劃部工作，喝酒的時候跟在我身邊，原來的小甘得肝病『走路』了。」

企劃部有二十多張桌子，只有十多個人在辦公，我起初以爲是去外地出差了；後來才知道那些是空桌子，永遠沒有人坐，那點子是我們企劃部主任從空城計中衍生出的靈感。

但有一次，一位南部大戶要來投資公司，董事長急得團團轉的時候，企劃部季主任卻不慌不忙地發出高價徵才，把某夜校一排學生徵召過來作臨時演員，結果使得大戶資金澎湃湧入，職員加薪有了著落，而季主任也獲得ET的美名。

我們的ET是一位女士，年齡大概在三十五到四十之間，仍保持獨身。有時同事好奇不免想探詢一下她的生活，經過多方打探，才曉得她喜歡洗冷水澡，常到韻律班去跳跳狄斯可，再有空閒便去聽文化講座或者去看外來劇團什麼的，她看起來是具有高雅格調，很有內涵的那種女人；想要翻閱它，恐怕自己得先有底子。

也許就這樣而把享受愛情的歲月蹉跎了吧！

但她在工作上的專注與創意是無人能比的。

我們這些遜色的男人都覺得有她在場，大家似乎要自卑地回到廚房燒煮或是照顧洗衣機了。

她有一天鄭重的告訴我：廣告的最大特色就是包裝，如果把包裝發揮得淋漓盡致就能成功，物品靠包裝，人靠包裝，連辦活動也得靠包裝。

一旁聆聽的小徐說：「那麼裸露呢？」

「那是沒有包裝的包裝。」

企劃部的同仁都不由得欽佩季主任的睿智。

後來有個土財主把他的女兒送來讓我們包裝；她平扁的面孔，笨拙的舉止，實在看不出有些許歌星的味道，但她決心要成爲歌星，同時她老頭也要買一家西餐廳來經營，更計畫作爲培植她的場所。

「這簡直不是問題，至少她已有舞台了是不是？」

那天土公主怯生生的來到企劃部，我們的季主任親自指導她的儀態及如何走路等等，可能是神來之筆吧！季主任彎著她婀娜的腰示範脫襪子。

只見季主任挽了裙角，露出我們從未得見的可愛大腿；整個辦公室寧寂無聲，同仁們都屏息以待。

「請想像我們是在沙灘上，白色的浪花來了。」季主任以夢幻一般的聲調描繪：「我們要涉水了，襪子要慢慢的脫，那是很美的動作。」

她的手輕柔的滑過膝蓋、腿肌：「請注意提起的腿，落地的時候，腳掌不能放鬆得像破雞蛋，足趾要收起來，看過跳舞的人嗎？他們躍在空中的足趾可以陳列在玻璃窗裡。」

見識淺薄的土公主自然佩服得五體投地。

而我們辦公室的男士，大約有一月之久，再與季主任共商企劃大計；每個人的目光要是疲倦了，想往下暫作休息，但是一想及季主任的皙白的美腿，我們都訕訕的，十分不自然的移開自己的目光，彷彿那是賊盜的心意。

這是我們男人的酒後眞言，小林認爲需要宗教洗滌。

企劃部的文案據說以前是一位作家，後來在婚姻上遭到幾次挫折，就不再寫文章；他的酒量不錯，下班以後有幾次到外面買了高粱酒菜回來，找工友老江喝酒，酒後他批評別人的文章更是酣暢、痛快！

不過想到天下的文章都被罵完了，那好文章在那裡呢？

我傻傻的向文案提出疑問。

於是文案先生拍拍自己的肚腹說：「在我這裡。」

此刻文案老兄肚腹內的構成，我是瞭如指掌；高粱酒的酒液不少，再加滷牛肉、鴨頭、雞腳、滷豆乾！再經過消化發酵之後，能否產生當年文壇的雄風，實在不敢斷言。

上了年紀的老江卻時時建言，打鐵要趁早，最後找機會娶個老婆，才免得孤孤單單守在家裡對電視機講話。

「我的希望找個有錢的女人結婚，我就有酒喝了。」

「會實現的，會實現的。」我舉起酒杯。人編織的夢想有時候也是下酒很好的菜。

我知道有錢的女人會挑一個英俊的白馬王子，像文案這種人會使小姐們敬而遠之，但他卻活得好好的，寫得出洗髮精的廣告詞；髮絲，愛絲，絲絲眼中，絲絲入夢，這是多麼浪漫的胸懷啊！

文案的臉喝得通紅，他說最看不慣媒體部主任一天到晚掛著領帶，那是極端的虛偽；還有臉上像化妝品的笑容都使他憎惡，雖然文案流露的是眞情，而我卻迷惘了。

在工地

填土

夏季的兩個月，我守在工地，在工地可以看到房屋的慢慢茁長；朋友們都對我的作法感到驚異，也有的說：「你這樣抛掉文章，豈不是不務正業了嗎？」

我說：「我還是要帶著筆和紙去的，因爲筆和紙已經成爲我生命中的一部分血肉了。」

工程開始的時候並不順利，好多天，天空的陰霾厚得像空屋的積塵，沉滯的，使人厭煩的，令人感到喘不過氣來；但是工地的周圍都是一片田野，那翠綠的顏色像池水一樣溢向四方，對於常久在都市中的人來說，那廣闊的視野，不免會引起他要翱翔天空的夢想。

然後天空終於飄起雨來了，它落在人的衣服上沒有感覺，只有飄在手臂上、臉面上，你才會感覺：有一些遙遠地方來的旅人，忽然在我們的肌膚上棲息。

我看看需要塡土的沼池，裡面有尖細簇聚的草叢，腐爛、黑褐的樹木枝幹，還有鐵質上了鏽的奶粉罐，汙暗的塑膠袋；當泥土把它們覆蓋以後，那就是土地新的面貌了。一個年輕的工人駕著一輛「怪手」駛下大卡車，履帶經過柏油路的時候，由地面傳來一陣震動。

他微笑的向我揮手：「天氣不好啊！」

我點點頭，有兩滴顆粒大的雨落在我的鼻梁上，涼涼的，很頑皮。

建房子的構想原本是十分荒謬的，尤其是要建將近七十幢的房子，和別人談著、談著，竟然眞的相信自己有這種能力了。

砂石場的卡車一次就來了八輛，在馬路上排得浩浩蕩蕩的，一車一車的砂石倒入沼地，沼地仍肅靜的在沉睡，對於機器的吼叫，它似乎毫無所覺，張跳上每一輛車去看砂石的數量，看完了，他跳下來悄悄的對我說：「老天！不曉得這塊地要吃多少土？」

司機倒好了砂石，就會拿單子給雪簽收。

想起雪過去站在舞台明亮的燈光下，指揮《皇帝圓舞曲》演奏的情形，再看看現在她戴了一頂草帽，指揮工人填地，眞有點不敢置信。

兩百輛車次的砂石終於把地塡平了，接下去要解決的，是水圳上架橋的問題。

建屋的地原來給人耕種，它跟著我們之間隔看一條三米的水圳，沒有橋就無法進行建屋的工程，我們注視看水圳發怔；上游的水到達這裡已露出疲態，水軀是瘦弱的，再一直流過去，就會到一處閘門，由閘門出去，水流就可以自由的奔向大海。

水圳的泥岸上有許多小洞，有不少螃蟹進進出出，雪好奇的想要捉，但是敏捷的螃蟹迅速地躲開，再往前趕，一腳踩到軟軟的泥淖中，她自己也不由得笑了。

「怪手」不停的在工地上揮舞；路面被推平坦，水圳中的汙泥被撈上岸。隆隆的推土機不甘示弱的也活動起來；在工地，往往使人感到血脈的流通，生命的活力。

運砂人

負責運送砂石的是「友哥」，很多司機都這樣喊他；他笑的時候，額上的皺紋都往上擠，他長得乾乾瘦瘦的，使人會想到魷魚乾的長足，他平常愛穿長袖的襯衣，但袖管都捲得很高，一條長褲褪色了，蹲在地上，短短的襪子好像要縮到鞋底去。

他有兩輛重型大卡車，一輛是兒子開，一輛是僱人開；他在工地發號施令的聲音不大，卻具有威嚴感。

我問到他的家庭，他就興高采烈的談起在服兵役的兒子。

「老二在家裡的時候，不大好管教，像一匹野馬老往外跑。」友哥感慨地說：「現在到了軍中，一年的規律生活，把他過去的一些不好習慣都去掉了，每次從南部回來一看到我忙，一定搶了要幫忙。」

我說：「軍營生活封年輕人的幫助很大。」

「本來我最不放心老二，眞想不到……」

「那你可以休息，休息了。」

「等老二服完兵役，我把一些雜事交給他做，這樣我就可以空出時間來了。」友哥要遞菸給我，我搖搖手。

「寫文章的人不抽菸？」

「每個人的習性不同。」我說：「你空下來有什麼打算呢？」

「很想到外國去看看。」友哥吐出一口煙：「有人去過外國，鼻子就高起來。」

我說：「原來你是以毒攻毒！」

何處去

在許多工頭裡面，老沈是最注意穿著的一位。

他開的是一輛進口的白色汽車，身上穿了男裝店的名牌襯衣，頭上戴一頂白色塑膠工程帽；老沈的模樣，很像是由電視劇裡走出來的一位瀟灑主角。

到了工地，他習慣和我握手，然後脫掉他的上衣，摺得整整齊齊的放在機車後座箱袋中。

「昨天晚上又碰到王總經理，他硬拉我去喝酒。」老沈把臉湊到機車鏡子前面。照一照：「他從前還不是跟我一樣，想不到一眨眼十年，老王居然爬到總經理位置了。」

「人世的變遷很大。」

他拍拍後座：「下個禮拜鄭董事長的母親過七十歲大生日，大家又要去熱鬧。」

「有酒喝是好事！」

「腸胃受不了啊！」

事實雖是如此，但如果眞的叫老沈不吃，老沈可受不了；因爲他的個性不耐寂寞，工作一整天，沒有找一個聽眾吹吹牛，那是多麼苦悶的一件事；幸好老沈過去有一段輝煌的歷史，儘管已失卻耀目的光彩，但打開那些照片的頁次，尚能夠得到不少的趣味。

有時候，我和張談起爲什麼老沈的朋友，一個個都在建築界闖出了萬兒，工作認眞的老沈反而被埋沒呢？

「也許懷才不遇吧！」

我同意的點頭。

老沈在工程中擔任的是灌水泥的工作，我覺得他守時、負責、工作效率高，他班底的二十多個工人，工作的時侯都是全力以赴。聽他的手下工人說，他對父母還很孝順。

像這樣一個人，應該是極有前途的。

有一次，老沈載了他的太太來工地參觀，太太長得不錯；態度大大方方，我們認爲老沈的家庭生活一定十分美滿。

後來有幾次，我們晚間在公司裡磋商，沈太太掛來電話，問我們請老沈吃飯的事。

「老沈還沒有回家。」

張含含糊糊地說：「說不定去叫工人了。」

放下電話，張告訴我老沈的事。

工地開工的那一天，我們曾請了全體工頭，另外兩三次，是爲了工程加班，特別加以「犒賞」，老沈可能覺得這個擋箭牌非常有效，就藉此常常開溜。

過了一個月光景，有一個女客來工地找老沈。

老沈把我拉到工地的小花園說：「要是我太太有電話來，拜託說一聲：公司裡老闆請客。」

我來不及答應，老沈已經快步地奔向他的汽車了。

花木的夢

八月原本是不適宜種植花木的，但我們渴待花木的心情都使我們下決心試一試。

一大卡車的苗木是由山上運來，我幫忙抱下挺拔的南洋杉和龍柏，比較矮小的是南洋榕和變葉木，鼻子接觸到葉片，可以嗅到泥土的芬醇，潮濕的水氣。另外一些橡膠樹高大多了。它的葉片闊大得像手掌。我把它小心翼翼的送到牆邊：「會不會太高了？」

「橡膠樹耐得住熱。」園藝主人說：「你要記得常澆水。」

「聽說這種天氣是沒人種樹的。」

「很少。」他把樹根鬆掉的枯稻草綁好：「你們眞有勇氣！」

我還記得十多年前，我和雪剛剛結婚，我們住在郊外的一間小屋中，小屋外有一大塊空地，還有綠油油的秧田，每一次雨後，都可以聽到浪湧來的蛙叫，每一年冬天，違章的房子都會灌風，我和雪必須到稻田裡撿拾稻草來塞住房子的空隙，避免寒風的叩訪，但是那塊空地都供給我們種了不少東西，有木瓜、絲瓜，也有番石榴樹、杜鵑花……等，我們搬走的時候，那塊空地已經熱鬧而活躍了。我們一旦想起年輕的日子，就會想起在困頓中唯一的「富有」——那就是我們所種的一些花木。

我們常常夢想：如果有一塊地，一定要種很多、很多的花；如今有了一塊工地，正可以把自己的夢想實現。

炎陽酷烈，我跪在泥地上，汗珠也一滴滴的落在地面；用手扒出了泥坑中的小石子，放進一棵南洋榕，再用土覆蓋好；已經長久沒有接近泥土了，有一種生疏的感覺，也有一種喜悅的感覺，小鏟子挖下去，也像挖出了記憶。

每個黃昏，我愛在工地澆水，沐浴在水滴中的花木，彷彿在舒展身子，看到它們的神情，也好像可以聽到它們輕輕的耳語。

笛音

房屋建到二樓的時候，鷹架也跟著豎立起來。

搭鷹架的竹竿瘦骨嶙嶙，走到上面，搖搖晃晃；使人感到有點心寒，竹皮的顏色青綠，從山上砍下來不久。老工人說：搭鷹架最多用兩次，再用就有危險性了。

其實走在大城的街上，偶然抬起頭看看新建的大廈，你已經很難發現竹子鷹架的搒影了；代之而起的，是細細瘦瘦的鐵架。

那一天風大，我走在狹長的土地上，走過阻路沙堆、卵石堆，再跨越過了黃鏽的鋼筋，望著遠遠的，由地平線所升起的一排房子，心中便感到一種安慰。

工人已經走了，夕陽的紅暉溫柔的向天邊蔓延，有幾隻鴿子在天空飛翔，我在一塊「模板」上坐下，四週的寧靜漸漸的圍來，我看到野草在風中搖曳，風中有稻禾和水田的氣息，那寧靜宛若也走入我內心。

然後我聽到一些聲響，不由得閉上了自己的眼睛。

我不知道那幽幽的聲音來自何方？但是它很纖弱、很柔美，像由許多簫孔裡流淌出來的樂音。我再睜開眼睛，在昏暗的暮色裡，參差的鷹架突然產生優雅的面貌，哦！原來是它吹奏的笛音。

工地的吟唱

大卡車司機

一輛載滿砂石的大卡車，呼嘯的行駛到工地，那河床清新的水氣，也彷彿成爲一位旅客，一併來到工地休息。

車子的引擎喘息著，小林推開了車門，然後探出半個身子，吹了一聲口哨。我跨過地上癱瘓的沙堆，孤零零的小段鋼筋，幾片失準的木板。

「都是好砂石。」

我接過手中的單子，簽了名，再交還給他。

「我要做爸爸了。」他愉快的說。

「恭喜。」我敲敲腦袋說：「我記得上個月才吃你的喜酒。」

「這是一個快的時代是不是？所以要快、快、快！」

他按了一聲喇叭。

那喇叭是一支劍，好像把工地揮舞得秋風掃落葉。

大卡車又往工地的彎角處行駛，我聽到小林的唱歌。

小林結婚的時候，擺了三十多桌酒席，酒席擺在稻田裡，腳下是一簇一簇禾稻的鬚根；我們坐著的椅腳陷下去好像要生根，因爲是在冬天，四周都圍了布篷，風吹得布卜卜響，像一個懷孕的女人穿看布袋裝。

寒意和冷風由空隙鑽進來，有時候，我們跺足取暖。

桌上有酒菜，飲著酒，也飲著土地的氣息。

我已經和土地久違了，我的朋友也是。

酒宴的前方搭了一個舞台，有六個傢伙拿看樂器在演奏，通過播音器，聲音震得人的耳朵和腸胃都要沸騰，然後又有幾個穿得單薄的女人輪流唱歌，也許是幾杯紹興酒下肚吧！那冷意就漸漸的消失了，而外面黑沉沉的夜，廣大的空間，忽然使人感覺一種特殊的自由。

我很希望自己喝醉，再在田畦間奔跑。

但是我並沒醉，因爲我還認識穿了西裝的小林。

服裝的嚴肅，使他看起來有點笨拙，他的新娘子比他矮了半個頭，小鳥依人的在他身旁，肚子卻有點微挺。

最高興的該是小林的父親，他手裡拿看酒杯，瞇了眼，看看賓客，又看看兒子，歲月在他的面孔上已明顯的留下踐踏的足跡，但無法遮掩他裂露的歡笑。

我曾經和他坐在水泥袋上嚼食乾澀的檳榔。他說：「你知道我一生中最高興的是是什麼？」

「娶個細姨？」

他哈哈的大笑起來：「年輕的時候會那麼想，現在老了！」

「老了才想『青春』。」

「不是，不是。」他正色的道：「我高興的是，我的兩個兒子都能把工作接下去，我就放心了。」

我很喜歡和小林兄弟談話，他們誠實而又坦率。城市的汙染沒有到達他們身上，我和他們喝酒，總是我迷迷糊糊的先醉。

由於老林和小林的勤奮，他們有兩輛大卡車，有一次，我爬到卡車上去抽查砂石，我發現他們是老老實實的提供建材，沒有玩花招。

唱一首歌

做水泥的工人有好多是夫妻檔，他們來的時候，多半是共同乘一輛機車，男人愛穿一件汗衫，女的頭上載著斗笠，手臂圍著布臂套，然後車架上擺著他們的工具，或者一個灰色的帆布袋。

在工地，也很容易生長出許多愛情，一個成熟的「大工」，必須要一些「小工」的配合，「大工」有「大工」的架勢，你如果沒有妥善的爲他準備下手；他會掉頭而去，但做小工的，不是年紀較大就是婦道人家。假使有幾個是未婚的小姐，那工地的氣氛就突然的活潑起來。好像空氣已因此而激盪。

當然，結了婚的，所受的拘束也就多了。

他們不能像單身漢的自由行動，收了工後，那些單身漢跨上車子，一陣風的駛去喝酒，而他們只有眼睜睜的看。

有一天，老柯悄悄把我拉到砂石堆後面說：

「幫個忙。」他說：「告訴我老婆，說你晚上請客。」

「不要去找女人。」

「只是喝酒。」他舉起手：「我可以發誓。」

「算了，算了，記得第二天要上工。」

在工地裡，有個喝酒的「老大」，我每次走到他身邊，都可以聞到一身強烈的酒氣，原來他一天要飲三趟酒，最後他老婆也忍不了他的酗酒，終於不辭而別，他一點沒有要戒酒的跡象，有幾次，我看到他中午睡在牆壁的陰影下，一臉的坦然；一隻螞蟻爬到他唇邊，也渾無所覺。

不知道那一天的黃昏，我聽到吉他的彈奏，我看到有六、七個工人坐在地下喝罐裝啤酒，有一個穿牛仔褲的年輕人，坐在樓梯上撥弦，他的臉很黑，頭髮留得長長的，我進去的時候，他正把曲子彈完，大家送他一陣熱烈的掌聲，他的手指順著吉他的弦滑過去，溜出一些餘韻結束。

「再來一首。」

他丟給我一罐啤酒：「明天請早，老闆。」

「大家都說你很會唱歌。」

「可惜沒人請我登台。」他露出白牙齒微笑。

「耐心的唱下去。」我說：「有一天星探會跑到工地來。」

「老闆，聽說你會寫文章。」

我點點頭。

「那麼寫寫我，我很不錯。」

我從頭到腳端詳了他一眼：「是不錯，洗個澡更好。」

「他媽的！」他把吉他揹到身上：「從前我服役時候的排長說：洗了澡就要上床。」

「太髒沒女孩子敢靠近。」

「也有女孩子喜歡髒。」他喝下一口啤酒：「爲什麼要說臭味相投，不說香味相投呢？」

「做得習慣？」我換了個話題。

「下個月我到基隆去。」

「像你這種人很少。」

「我要旅行。」他說：「等骨頭差不多了就停下來。」

「不結婚嗎？」

「我一直在找呢。」他狡滑的說：「看到一個美麗的女孩子，我就對她彈吉他、唱歌。」

「沒反應？」

「大部分是水泥電線桿。」
「少部分呢？」
「不合我的條件。」
「想不到你還要選擇。」
「我祖父時代女孩子少，現在女孩子多。」
「談談你的理想。」
「她不一定要漂亮，但一定要有錢，那時侯我就可以少塗一點牆壁，多彈一點吉他。」
我跟他握手：「祝你成功。」
他眨眨眼：「你心裡說的是『失敗』，老闆。」
我忍不住笑起來，他實在是一個很頑皮的年輕人。

怪手

感到無聊的時候，我最喜歡看「怪手」。
怪手像章魚的活動長臂，不管面前橫看的是砂石堆，或是躺臥的土地，只要它一伸手，那原來的面目便被它破壞了。

駕駛「怪手」的人被大家喊作「罐子」，載著一頂油汙的運動帽，都始終很少和人談話，不知是否「怪手」震耳欲聾的聲響，使得他懶於說話，或是他「罐子」的蓋旋得很緊，而無法說話，我走近他身旁的時候，他也只是笑笑而已。

有人告訴我說：他必須努力工作，因爲太太以外，還有一個女朋友。

在建築界裡，有些人以擁有女朋友多而自豪。

也有人以進口車爲炫耀。

把財富像國劇臉譜畫在臉上，恐怕也是最近流行的風氣吧！

有一天午後，我吃完午飯，在踱步的時候碰到他。

我遞給他一支菸。

「天氣熱得很。」

「下一陣雨也好。」他把菸放在手背上踩。

「日子過得怎麼樣？」

「馬馬虎虎。」

「有人說起你的愛情故事。」

他訕訕的：「這些事！要躲也躲不了。」

「太太曉得了？」
「在鬧。」他看看天空：「很煩人。」
「有幾個孩子？」
「兩個。」
我踢掉一些擋路的塑膠水管：「要照顧兩個家的確很辛苦。」
他說：「眞他媽的！像電視上演的。」
「可不是。」
不曉得哪一個晚上，他和女朋友在工地空屋談情的時候，警察把他們「網」走了，大概過了三天，他才恢復上班。但工作的時候，恍惚的把電線也弄斷了。

豬公之戰

阿柄養的一隻豬公很出名，不但全家老小要盡心服侍，而且還得注意牠的安全。

在牛厝居住的人，都知道六年一次的大拜拜有好戲可看；而且揭曉的日子越來越近，原來阿柄同村有個叫李水年的傢伙。也胸懷大志的飼養了條大豬，阿柄曾經派了個「偵探」去打探一下；據說那條大豬很福相，肥嘟嘟身材像冰淇淋要往外融，四條小腿都撐不住一身肉，被壓得要人替他翻動身子，聽到這種情報，阿柄幾乎在工地工作也心有戚戚了。

我說：「阿柄，你要是把廚房的瓷磚貼走樣，我可要扣工資。」

他苦著臉說：「你可不知道事情多嚴重？」

「又不是選美比賽。」

「李水年那混蛋實在不該養那條豬，現在村子上有不少人都賭上了。」

「怎麼賭？」

「賭斤兩，看誰養的豬重。」

「這倒有趣。」

「太辛苦了，我們一家人日夜要小心守著，現在天氣熱，豬舍已經裝了紗窗，而且買了架全新電扇。」

「勝券在握了。」

「不見得。」阿柄的眉頭深鎖：「李水年上個禮拜買了台冷氣機，我看他有新計畫。」

我拍拍他肩膀：「別想得太多。」

「老闆，有高招，替我想想。」

我說：「弄點迪斯可給牠聽，使牠有活力，肚子餓。」

「眞有效？」

「日本人養牛也給牠音樂聽，豬不會比牛差。」

我替阿柄打氣，並預祝阿柄的「豬公」對抗賽，能一舉勝利，帶來財運。

但阿柄仍然是一臉憂忡，不能釋懷，他說怕李水年派來「間諜」，在豬公吃的飼料裡下瀉藥，我建議他來個燈火通明，使「間諜」無所遁形，他思索了一會都搖搖頭。「豬公失眠，吃不下東西，那就更糟。」

看來，我不容易學做諸葛亮了。

工地的礫片

謀殺

旺仔口中一邊嚼著血紅的檳榔，一邊激動的在空中揮舞著拳頭；像一個布袋戲的英雄人物正要去救美。

「我要殺死他，我要殺死他！」

在工地，男人們打打小架是免不了的事，我們因爲見慣了，湊巧碰上，就走過去要他們互相讓一步，要是他們打得興起，我就請附近的小孩子喊警察來了，這一盆冷水潑下去，效果也很不錯；兩個豎起羽毛的男子，也會各自撲撲身上的泥塵，憤怒地走回原來的工作場所。

畢竟大家還知曉法律的尊嚴，但嚴重得要置人於死的時候，那就不容我忽視了。沒人希望在建屋的時候出現人命事件。

我遞給旺仔一支菸，菸會沖淡人的火氣。

我說：「天氣乾得很。」

旺仔說：「他把我害慘了。」

「有事好商量。」我探索空氣中的火藥味。

「眞恨不得咬他的肉。」

「世上冤家宜解不宜結。」

「這個冤是結定了。」旺仔恨恨的說：「我不宰了他，絕不是好漢。」

「不要太衝動，旺仔。」我說。

「我本來打算結婚的，結果也泡了湯。」

「走。」我推他的肩膀：「二樓板的鋼筋還沒綁完，繼續去綁完，晚上我請你喝一杯。」

他搖搖頭，一轉身跳上他的機車。

我不希望旺仔出事；他還年輕，工作幹練，有很好的前途，不像有的工人，拿了大把工資，一個晚上便花光。

大概在一個月前，工地也曾發生一場打架；是一個外地工人，糊塗的調戲一個女工引起的，女人在枯寂的工地使男人的生活有變化，而那個工人可能侵犯了別人的「禁界」，結果給另外兩個人揍得躺在地上爬不起來。

看「戲」的一大堆，最後我把大家驅開。

我吩咐做水電的阿雄扶他上小貨車，讓他躺在載貨的車板上，他的身上青腫的地方不少，上了車閉著的眼睛睜開了，嘴唇都在流血。

「要不要緊？」我關心的問。

「還好。」他狡黠的笑一笑：「我倒得快。」

「你是詐死？」

「他們人多。」他抹掉嘴角的血：「老闆，有沒有錢？」

但旺仔是個老實人，如果他眞有什麼決定，我知道他一定會發動全部馬力去做的，整個下午，我都懷著忐忑不安的心情；旺仔還有老母；老母希望他早日娶媳婦生蛋，假使殺了人，那麼一切憧憬就會隨風而逝。

我跨過地上凌亂的便當盒、磚塊；又把一些擋路的鋼筋移開，這裡原是一塊野草及膝的荒地，但是砂石塡平地面以後，它就變得容光煥發，而且當紅磚在地平線上一塊塊堆高時，野風由這裡掠過，那聲音也有了不同的呼應。

電力公司的工程車在路旁豎電桿，他們先挖了一個大洞，再用起重機把水泥柱放進去。我可以由他們的汗水和手臂窺視到年輕和力量。

天特別的藍，藍得使人想用一柄劍刺它一個窟窿讓它流血。我走到河溝附近；看到一隻畏畏縮縮的螃蟹正走出洞穴，牠靜止了片刻，就迅捷而靈活地越過小石逃到草叢中去。在工地無聊的時候，我就席地坐下來看螃蟹，或者偶而哼哼幾首殘缺的歌，等到黃昏日落，我就喜歡唱一首新疆民謠——〈青春舞曲〉，唱那首歌的時候，我會拾回年輕日子裡的貧困，流浪和希望。

不久，便有幾輛工廠的廠車，載了一車的員工；多半是少女，在大馬路上快速的駛過，也有幾個下車的，淡藍的影子浮動在暮色裡。

我也該回去了，走不了幾步，忽然看到前面有一輛機車駛來，他的急剎車非常的刺耳，前輪猙獰的橫斜在我前面。

「旺仔，怎麼了？」我詫異的拉住他車把。

他不言不語，由後座箱袋提出一個鋁罐，兩罐啤酒。

打開蓋子，冒出一股當歸的濃香。

「我宰了他，煮了他。」他仍舊氣惱地說。

「人肉？」我鬆了一口氣。

「鴿子。」旺仔拉掛啤酒的蓋口：「平常我把牠當祖宗服侍，想不到這次比賽，牠要飛不飛，輸掉我二十萬，把我娶老婆的聘金都泡湯了，你說我不宰牠要宰誰？」

孫悟空可分身

我在工地行走，聽到有人喊我，卻看不到人影的時候，我就知道：那一定是「猴子」。

猴子多半是在半空的鷹架上，據說他已經搭了將近三十年的鷹架，技術熟練，而且鷹架搭得結實牢固。好像是土裡生根出來的。有幾年的大颱風，別的工地，鷹架有好多被吹得七零八落；有如一桌的殘骨，只有猴子所搭的鷹架仍舊是屹立保持原來的模樣。

猴子有時候喝醉酒，便自吹自擂的說：「我搭的架子不但可以站人，而且可以在上面演歌仔戲。」

我看過猴子和他的伙伴一起工作，他們都非常的細心，搭鷹架所用的粗竹竿，有裂痕的，往往被剔除在一邊，而且竹竿和竹竿之間的連接處，再用鉛絲綑綁得緊緊的。雖然是五十多歲的人，不管鷹架搭得多高，猴子依然靈巧的在上面活動，他俐落的身手，有些年輕人恐怕也比不上。

儘管猴子工作辛勤，錢賺得不少，但是他依然經常愁眉苦臉。

我說：「猴子呀！是不是昨天晚上摸四色牌又摸輸了？」

他搖搖頭：「給我一支菸，老闆。」

我把一整包菸都丟給他。

「日子眞不好過呢！老闆。」

「彼此、彼此。」我感慨地說：「人人都有煩惱。」

他敲打自己的兩邊褲袋：「空了！」的確，袋子萎縮著。

「買香菸也有問題？」我說：「可憐！」

「能源不足。」

「你的工資才拿不久。」我提醒他：「還說要請我的客。」

「開學；大的小的都要註冊費。」猴子落寞而無可奈何的說，「其實也不算多。」他數著手指：「兩邊合起來，五、六個是有的。」

我心裡想：好傢伙！怪不得你要常常借支薪水；兩個家，好多張嘴巴；靠一個人「擠奶」維生，畢竟是非常吃力的。將來也許要把身上猴毛拔光了。

「老闆，拜託！」他傾倒出一臉的笑。

「你的本領不少。」

「另外一邊，我只生了兩個，她丈夫死了，我要養活她。」

「你的太太受得了？」

「時間一久就淡了。」猴子咕嚕說：「有半個丈夫也是不錯的。要不要試試？老闆。」

「謝謝。」

「男人不能怕女人，太寵女人，女人會變成野獸。」他老氣橫秋地說。

我笑笑走開。

隔了一個月左右，猴子在拆房屋的鷹架，他神祕兮兮地告訴我，他又遇見了一個美麗的旅社服務生，他決心用全部生命去愛她，如果她不接受，他就要削髮出家。

我說：「好，好……但要小心你在鷹架上腿軟。」

那女孩

在工地，只有寧靜、恬淡的自然色彩；視野中所見的，只有藍的天、白的雲、綠的田野和綠的樹，有時候，人不免會被那種恬淡侵蝕得發慌；尤其是在近黃昏的時候，很清晰的感覺時間在眼前的流失和死亡，天慢慢的黑下來，是如此的凝重和緩慢，好像在幽暗處，聽著一個人越來越弱的鼻息。

然後有一天，我們看到一輛華貴的轎車裡，走出一個飄逸而嫵媚的女孩，她白色小紅花點的涼鞋，通過草徑的時候，使我們忍不住爲她可愛、秀美的小腿擔心。

而那一刻，我們又緬懷起城市的繽紛了。

城市夜晚絢爛的燈光，咖啡的香，酒的醇。

那秀麗的女孩直奔向接待屋，她踏進來的時侯，好像在跟屋外的驕陽嘔氣。

「好可惡的太陽！」她埋怨的說。

我心裡說：如果我有一把弓，我也會把最後他媽的這個太陽射下來，因爲小姐討厭了。

「小姐請坐！」張拍拍椅子上的灰塵。

我說：「要不要看看房子？」

「參觀過了。」她說：「你們建得十分的老實。」

「過獎。」

「但是工程方面，磨石不太好；又髒又費時，而且現在漂亮的地磚多得很。」

「小姐眞內行。」

鳳眼的女孩愉快的笑了：「房子賣得怎麼樣？」

「馬馬虎虎。」

「那要看人，買賣是一種藝術。」她說：「藝術！」

「我不明白。」

她終於坐下來，我們發現她坐的姿勢，很像一個電視上的模特兒。她的眼珠閃過，使人怦怦心跳。

「方法很重要。」她看了自己纖細的手指一眼：「方法用得對，不到一個月，你們房子會被搶購一空。」

「太好了。」張說。

我倒上一杯冷茶：「小姐，請問有什麼妙計？」

「最先可以表演。」她的手在空中畫了半個圓。

「歌星、舞星唱唱跳跳，這已經過時了。」張說。

「也可來個兒童畫圖比賽。」

「小孩子不能買房子。」

「他的父母會來。」

「我覺得還是以成人爲目標比較好。」

「如果以男人爲對象，我們不妨辦個泳裝表演。」鳳眼小姐的眼珠在流轉：「如果以女人爲對象，我們可以辦一個日用品、衣服大拍賣。」

「高！」張讚美的說：「高！」

「那麼小姐是……」

「我是爲房屋工作服務，只要你的房子交到我們手上，你就可以放心的去遊山玩水。」

張看看我，我看看張。

我們都感覺：這女孩眞美！

然而我卻聳聳肩膀。張笑著。

她站起來，我們送她到門外，她遞給我們一張燙金的名片，又嫣然一笑：「上面有我的地址和電話。」

暮色的翅膀已下降，我們悵悵地目送鳳眼小姐離去，不知道何方來的那一輛轎車；一位年輕的男士爲她開好車門，她上車的時候，眞像一個夢；眞像一隻蝴蝶！

張說：「到處都是蚊子！」而我也把手揮著。

捕捉

鐵工阿榮有一個小學徒，他幾乎寸步不離的跟在他師父身後。阿榮黑黑胖胖像桶柏油，他的小學徒卻像滾輪。

有一天，我說：「火生啊！你怕你師父丟了嗎？」

他跳呀跳的像隻蚱蜢：「我師父說：他一喊，我就要出來，要是偷懶，他就不教我本領。」

火生是利用暑假來打工，他有九個兄弟姐妹，他排行第七。在工地，他常常打光腳，喜歡把電焊器開得吱吱的響，有時候，阿榮沒吩咐他作什麼下手，他便竄來竄去，拿了一把小鐵鎚東敲敲，西敲敲；他彷彿覺得什麼東西都値得一敲，然後可以聆賞那聲音。有一次，也許太用力了，水電工配好的管路居然敲破了一個洞。

他嚇得面如土色。

落幕

人去

一些殘存的鋼筋，初來工地的時候，是火冶後的鐵灰色；有著剛出爐麵包的喜悅，但一個月、兩個月……九個月、十個月，它的顏色漸漸的變黃，再下過幾趟雨後，連它躺覆下的土地，也染了鏽黃的痕跡。

野草長得很快，有的已經有膝高，我看到幾隻白色的小粉蝶，在翩翩的飛舞，陽光似乎跟去年同樣的溫暖，熟悉。

「老闆。」山豬仍舊不停的嚼著他的檳榔：「到底什麼時候再動工？」他走在我的右邊，身上冒著汗味。

「快了，快了！」我安慰的說。

一樓房屋排得好好的，只是有點憔悴，像坐在醫院的候診室裡等待治療。在一樓的粗坯上面，有參差不齊的鋼筋，那些鋼筋同樣的垂頭喪氣。

「最近還喝酒嗎？」

「喝酒要錢。」山豬踢開一個汽水罐：「有很多人搶工做。」

「別的地方呢？」

「差不多。」

我遞給山豬一支菸：「阿嬌好不好？」

「他媽的分手了！」

「很可惜啊！」

「這倒楣日子不曉得什麼時候結束？」山豬嘔氣的說：「有了錢，可以買一水泥袋的愛情。」

「教教我。」

「簡單。」山豬說：「你就把鈔票拿到她面前。」

「不開口？」

「不開口。」

我嘆了一口氣，那些好景和輝煌歲月好像跳進歷史課本裡去了。在建築業風光的日子裡，從老闆到工頭，每個人都神氣得像上過油臘；愛喝酒的人可以天天有酒喝，愛泡妞的人可以去天天泡妞，料不到好日子來得快，去得也快。

「鬍子那裡的情況怎麼樣？」

「很糟！」

「鬍子」在我們這一行裡，是個出道很早的人，人非常的豪爽，酒量更是海量，他沒有讀過什麼書，但是有豐富的閱歷和經驗。他在建築界是白手起家，自己沒錢，都能把別人的錢弄來，不幸的是房地產的萎縮，使得我們偉大的鬍子，也無法由他的禮帽變出白鴿來；甚至鬍子也白了。

「他有辦法。」

山豬搖搖頭：「那天我去他家，討債的人上門了，他來不及跟我解釋，打開後門就溜得不見人影。」

我知道鬍子是個講究面子和氣派的人，他喜歡穿義大利的絲襯衫；在飯店裡宴飲的燈光下，那閃閃的光彩便和別人不一樣，我常常感覺他的肚腹越來越大。

他要躲開的時候；必須帶著那沉重的肚子，好累！

我拍拍山豬的肩膀：「要動工，我會通知。」

山豬騎上他的野狼一二五：「我買了一根釣魚竿，一沒事做就釣魚。」然後，他的車子拖一條蚯蚓的尾煙吼走。

我孤獨地走在工地。

建好的一樓房屋露著紅磚的肌膚，所有的窗戶都沒有裝窗子，而空洞洞的牆就像缺齒的牙床。

有一大群倉倉皇皇的房子擠在這裡。

但像嚇著了沒有聲響。

我走進水泥塊、沙石遍地的屋子，沒有門，沒有水，沒有電，陽光從二樓的缺口處漏下來，然後我停住腳步，可以聽到角落幽幽的蟲叫。

在我面前有一灘水，我怔怔望著；也記不清是何時下雨的？

只是喜事

老胡上氣不接下氣地跑來找我。

他一臉的興奮：「有兩個女客來看房子。」

「今天是好日子。」

「鳥雀沒有叫。」

房子賣得順暢的時候，誰都聽不到鳥雀叫，一旦顧店不上門，鳥雀像專程唱歌來給我們聽。

我匆忙地走向接待所，裡面坐看兩個打扮入時的女客。正要吩咐老胡倒茶，其中一個面容熟悉的卻先站起來。

「老闆，我來看看你喲，這位是我的好朋友韋小姐。」

原來是我們接待所的「百靈鳥」——周小姐。活潑的周小姐離開這間屋子也有一年多；她的髮型變了，使我認不出。

周小姐懷舊的東看西看，最後眼光落在一張破了的沙發上。

「還是老樣子。」她說。

「沒有好好整理。」我感到一陣慚愧。

「韋。」她對同來的友伴說：「我坐的辦公桌靠門，客人從走道來，我看得清清楚楚。」

「不用的桌子我都搬走了。」

「好幾年的尾牙，老闆喝醉了還唱歌。」

「周小姐。」我訕訕的；「你走了，我們都捨不得。」

「其他人呢？老蔡，白猴，小李，一個胖胖的，我忘了，是江……」

「江國雄。」我說：「一個個都高就了。」

周小姐打量了我一眼：「老闆曬黑了。」

「這一年下雨天少。」我打著哈哈，尾音十分的虛弱：「我記得周小姐後來到鵬程建設去。」

「去了半年，只拿到四個月薪水。」

「怎麼回事？」

「郭董去了巴西。」

「他太太還留著。」

「大情人」郭董是有很多女朋友的，他慷慨起來，往往把一幢房子過戶到女朋友名下。我曾接受邀請，去參觀過他的「金室」，每一間部有咖啡屋的味道，進到裡面，白天和夜晚都不易分辨出來。

這些都變成過眼雲煙了。我想。

只是百靈鳥沒有變；她的大眼，她伶俐的說話。

「老闆。」周小姐打開她的皮包，拿出一張紅帖：「猜猜是什麼？」

「啊！恭喜。」

「老闆一定要來。」周小姐快樂的伸出手。

我從來沒和周小姐握過手，我也沒有想到周小姐的手竟是那樣的柔軟、細巧、可愛；難怪很多客戶會迷糊了。

人與車

我和小俞坐了一小時的車。

我們去六福村看了野生動物，外面豔陽高照；老虎沒精打采的睡覺，黑熊臃腫的踱著懶懶的步子，而鴕鳥焦焦沒毛的屁股更使人感到天熱。

但是我們的車廂裡有冷氣，仍舊留住一個春天。

小俞打著紅領帶，有點自豪的說：「你不能否認這是一輛好車子！」

我掃視它豪華而寬敞的空間，讚美的說：「你買這輛車子的時候，朋友們都知道。」

「價錢不便宜。」

「它飄洋過海來，要走很多路。」

「要不要再聽一次音響？」他殷勤的說。

「不。」

「你愛聽什麼歌？」

「什麼都可以。」

「我建議你買一點西洋歌曲音樂帶。」

「我知道有……」

「不要那麼嚴肅；人嚴肅了，易老，老伯。」

「小俞。」我說：「喊我老伯我受不了。」

「好，不喊，我們去吃飯。」

我們找到一家一魚三吃的餐廳，餐廳外的活魚店招牌畫得很新鮮，很活潑，我想大概沒有選錯地方。

小俞是個美食專家，他點了魚、草蝦、啤酒，我吃得很愉快，一口氣喝完一瓶啤酒，面前橫著可憐的蝦殼。

「再看看車子。」

車子停在陽光下，它銀白的十分耀眼，身子很龐大，馬力足，是個好傢伙！

而且，小俞常常用它載過許多美麗的女孩子，創造過許多浪漫的故事。

「一匹白馬。」我稱讚地說。

「不，它是奶油色。」

「白色。」我擠窄眼皮，再仔細的看車子。

「事實上是奶油色，因爲它像一個女孩子的皮膚。」小俞耐心的解釋。

「我年紀大了，眼睛還沒有壞。」

「就算它是白色。」小俞說：「我知道你喜歡白色，這部車要不要？」

「送給我？」

「等於送給你，用了一年，少三十萬。」

我的酒慢慢的醒了。

「這是你心愛的。」

「我目前需要錢。」

「但是我沒有車庫。」我囁嚅的說：「這麼名貴的車放在外面，我會睡不著。」

「讓車是很痛苦的。」小俞的樣子使我想起垓下的項羽：「我的眼淚流在心裡。」

「抱歉。」我對讓車的「項羽」說：「我沒那麼多錢買車。」

在回去的路上，我們一直聽著音樂。

躲開落幕

整理工地，大概花了我三天的時間，我請工人把巨大的廣告牌也拆了。

廣告牌上的房子畫得很高雅，尤其樹木畫得蒼翠誘人；連我自已看得也感動起來。事實上，那些樹苗才到腰部，然而時間過去，它們一定會長高，這不是欺騙；廣告只是把未來的遠景拉到眼前而已。

有些廢棄的木料送給了工人，有些沒有開箱的建材，也再送回建材行。怪手又來鏟平了隆起的土丘；這時候的工地，再度恢復了未開工前的寧靜和安詳。

我和老胡一間屋子、一間屋子的檢查。

檢查到盡頭，我們發現有很多沒人要的塑膠水桶，可能是被水泥染汙了，所以才沒人看上眼。

我對老胡說：「謝謝你，你把工地照顧得很好，所以什麼都沒有損失。」

「是老闆的福氣。」老胡客氣的說。

我說：「現在不景氣，我們只好休息一陣子。」

「我知道。」

老胡說：「有很多老闆都溜了。」

「你什麼時候走？」

「再兩天，我等姪兒開貨車來接我。」老胡誠懇地說：「我想——老闆，我晚上請你吃飯。」

「該我請。」

「不上館子。」老胡說：「今天上午我就燉了一鍋肉，又買了兩瓶紹興酒。」

「我的酒量不行。」

「就我們兩個人。」老胡轉過身子：「太陽也落了，我爐子上的肉還是溫的，現在就去。」

在很多工地都遭遇失竊的時候，我們的工地始終保持安然的記錄，我想這跟老胡的忠於職守很有關係。有時候，一些附近的小孩子來撿鐵釘、鋼筋頭，也都被他趕出去。所以老胡的一番好意，我是無法拒絕的。

我進了屋子，老胡已經端出一盤紅辣椒炒小魚，一鍋熱騰騰的肉，而且是用的陶罐。

一陣香味飄過來，有中藥的氣味。

「配的是中藥店上好香料。」老胡解釋道。

我用筷子伸進陶罐中，研究那混濁而濃稠的肉塊。

「是什麼肉？」

老胡在忙碌的開酒瓶：「我們走了，沒人來餵黑仔。」

「黑仔！」我驚訝的喊起來。

「牠的肉很補。」

「但是牠看見我們都會搖尾巴。」我難過地說。

「不要想那麼多，老闆。」

我不清楚黑仔是由何處來的？也許牠是一個流浪漢，但流浪到工地以後，牠就定居下來。怪不得今天沒有聽到牠的叫聲；牠跟我們也已經相處好多年了；我放下筷子，捧著要嘔吐的胃，趕緊逃出屋子，彷彿要避開不看落幕。

（附錄）

邵僩作品年表

散文

鄉戀	民國四十五年	自費出版
小齒輪	民國五十五年	文星書店
櫻夢	民國五十六年	商務印書館
騎在教堂窗子上	民國五十七年	水牛出版社
不停腳的人	民國五十九年	明山書局
到青龍橋就解散	民國五十九年	大西洋圖書公司
坐在碼頭上等雨	民國五十九年	立志出版社
白泉	民國六十四年	水芙蓉出版社
泡沫、泡沫	民國六十五年	黎明出版社
不要怕明天	民國六十九年	爾雅出版社

跨出的腳步	民國六十九年	水芙蓉出版社
侵略者的腳步	民國七十四年	國立編譯館
中國永遠屹立	民國七十四年	國立編譯館
綠意與新芽	民國七十四年	大地出版社
都要有愛	民國七十四年	晨星出版社
鑼聲永遠	民國七十四年	晨星出版社
人間種植	民國七十五年	爾雅出版社
無涯	民國七十六年	號角出版社
一方心靈	民國七十七年	號角出版社
好朋友的話	民國七十七年	台灣書店
汗水的啓示	民國七十八年	林白出版社
邵僴極短篇	民國七十八年	爾雅出版社
汗水處處	民國八十一年	文經出版社
音符碎了	民國八十二年	新竹市立文化中心
爲心著色	民國八十七年	新竹縣立文化中心
八十七年短篇小說選	民國八十八年	爾雅出版社
邵僴散文精選	民國九十六年	新竹市立文化中心

評論

白痴的天才	民國五十九年	晚蟬書店

小說

螞蟻上床	民國五十八年	仙人掌出版社
汲泉	民國五十八年	幼獅書店
兄弟們	民國五十九年	正中書局
邵僩自選集	民國六十七年	黎明出版社
今夜伊在那裡	民國七十五年	爾雅出版社

兒童文學

在陽光下	民國五十六年	台灣書店
讓風箏上天	民國六十五年	水芙蓉出版社

花的使者	民國六十五年	中華文藝
風姐姐來了	民國六十八年	信誼基金會
泥土好可愛	民國七十二年	信誼基金會
孩子的心	民國七十三年	爾雅出版社
小白鷺歷險記	民國七十九年	國立編譯館
小猴子還鄉記	民國八十二年	國立編譯館
小魚兒尋親記	民國八十七年	國立編譯館
邵僩兒童文學精選	民國九十四年	新竹市立文化中心

邵僩和另一半楊雪娥

搖呀搖，一張老舊藤椅，
搖了忘我、忘歲月。

邵僩全家福，2011年春節。上張由左到右為：外孫詹啓聖、邵僩、妻子楊雪娥、女兒邵彥玫、外孫詹期翔、女婿詹偉佳。下張由左到右為孫女邵翊塵、次子邵彥寰、媳婦楊玉容、孫女邵翊寒。

INK PUBLISHING
文學叢書 287
拿粉筆的日子

作　　者　邵僩
總 編 輯　初安民
責任編輯　陳健瑜
美術編輯　林麗華
校　　對　陳健瑜

發 行 人　張書銘
出　　版　INK印刻文學生活雜誌出版有限公司
新北市中和區中正路800號13樓之3
電話：02-22281626
傳眞：02-22281598
e-mail：ink.book@msa.hinet.net
網　　址　舒讀網http：//www.sudu.cc

法律顧問　漢廷法律事務所師
劉大正律師
總 代 理　成陽出版股份有限公司
電話：03-2717085（代表號）
傳眞：03-3556521
郵政劃撥　19000691　成陽出版股份有限公司
印　　刷　海王印刷事業股份有限公司

出版日期　2011年4月　初版
ISBN　978-986-6135-25-5

定　價　260元

國家圖書館出版品預行編目資料

拿粉筆的日子／邵僩著.
--初版. --新北市中和區：INK印刻文學，
2011.04　面；　公分.--（文學叢書；287）
ISBN　978-986-6135-25-5（平裝）

855　　100005629

INK